郁达夫写作课

郁达夫——著

CCTP

中央编译出版社
Central Compilation & Translation Press

图书在版编目（CIP）数据

郁达夫写作课 / 郁达夫著 . -- 北京：中央编译出版社，2024.7

ISBN 978-7-5117-4644-3

Ⅰ.①郁… Ⅱ.①郁… Ⅲ.①文学写作学 Ⅳ.① I04

中国国家版本馆 CIP 数据核字（2024）第 050396 号

郁达夫写作课

责任编辑	汪 婷	
责任印制	李 颖	
出版发行	中央编译出版社	
网　　址	www.cctpcm.com	
地　　址	北京市海淀区北四环西路 69 号（100080）	
电　　话	（010）55627391（总编室）	（010）55625176（编辑室）
	（010）55627320（发行部）	（010）55627377（新技术部）
经　　销	全国新华书店	
印　　刷	北京盛通印刷股份有限公司	
开　　本	880 毫米 × 1230 毫米　1/32	
字　　数	136 千字	
印　　张	7.5	
版　　次	2024 年 7 月第 1 版	
印　　次	2024 年 7 月第 1 次印刷	
定　　价	48.00 元	

新浪微博：@ 中央编译出版社　　微　　信：中央编译出版社（ID：cctphome）
淘宝店铺：中央编译出版社直销店（http：//shop108367160.taobao.com）
　　　　　（010）55627331

本社常年法律顾问：北京市吴栾赵阎律师事务所律师　闫　军　梁　勤
凡有印装质量问题，本社负责调换。电话:(010)55627320

出版说明

　　为方便当代读者阅读，本次出版时，对原书稿中出现的"的""地""得""底""做""作""哪""那""像""象"等字，均按照现代汉语规范进行了修正；部分标点符号按现代汉语使用规范做了处理。

　　所选文章，皆在文后注明原刊发的报刊名称及刊出时间。

自序 五六年来创作生活的回顾

郁达夫

一个人活在世上，生了两只脚，天天不知不觉地，走来走去，走的路真不知有多少。你若不细想则已，你若回头来细想一想，则你所已经走过了的路线和将来不得不走的路线，实在是最自然，同时也是最复杂、最奇怪的一件事情。

面前的小小的一条路，你转弯抹角地走去，走一天也走不了，走一年也走不了，走一辈子也走不了。有时候你以为是没有路了，然而几个圈围一打，则前面的坦道，又好好地在你的眼前。今天的路，是昨天的续，明天的路，一定又是今天的延长，约而言之，我们所走的路，是继续我们父祖的足迹，而将来我们的子孙所走之路，又是和我们的在一条延长线上的。

外国人说，"各条路都引到罗马去"，然而到了罗马之后，或是换一条路换一个方向走去，或是循原路而回，各人的前面，仍旧是有路的，罗马绝不是人生行路的止境。

所以我们在不知不觉的中间，一步一步在走的路，你若把它接合起来，连成了一条直线来回头一看，实在是可以使人惊骇的一件事情。

路是如此，我们的心境行动，也是如此，你若把过去的一切平铺起来，回头一看，自家也要骇一跳。因为自家以为这样平庸的一个过去，回顾起来，也有那么些个曲折，那么些个长度。

我在过去的创作生活，本来是不自觉的。平时为朋友所催促，或境遇所逼迫，于无聊之际，拿起笔来写写，不知不觉的五六年间，总计起来，也居然积写了五六十万字。两年前头，应了朋友之请，想把三十岁以前作的东西，汇集在一处，出一本全集。后来为饥寒所驱使，乞食四方，车无停辙，这事情也就搁起。去年冬天，从广州回到了上海，什么事情也不干，偶尔一检，将散佚的作品先检成了一本"寒灰"，其次把"沉沦""茑萝"两集修改了一下，订成了一本"鸡肋"。现在又把上两集所未录的稿子修葺成功，编成了这一本"过去"。

对于全集出书的意见和各集写成当时的心境环境，都已在上举两集的头上说过了，现在我只想把自己的"如何的和小说发生关系""如何的动起笔来"，又"对于创作，有如何的一种成见"等等，来乱谈一下。

我在小学、中学念书的时候，是一个品行方正的模范学生。学校的功课，做得很勤，空下来的时候，只读读四史和唐诗古文，当时正在流行的"礼拜六派"前身的那些肉麻小说和林畏庐的翻译说部，一本也没有读过。只有那年正在小学校毕业的暑假里，家里的一只禁阅书箱开放了，我从那只箱里，拿出了两部书来，一部是《石头记》，一部是《六才子》。

暑假以后，我进了中学校，礼拜天的午后，老到当时旧书铺很多的梅花碑去散步。有一天在一家旧书铺里买了一部《西湖佳话》和一部《花月痕》。这两部书，是我有意看中国小说的时候，和我相接触的最初的两部小说。这一年是宣统二年，我在杭州的第一中学里读书。

第二年武昌革命军起了事，我于暑假中回到故乡，秋季开学的时候，省立各学校，都因为时局关系，关门停学，我就改入了一个教会学校。那时候的教会学校程度很低，我于功课之外，有许多闲暇，于是去买了些浪漫的曲本来看，记得《桃花扇》和《燕子笺》，是我当时最爱读的两本戏曲。

这一年的九月里去国，到日本之后，拼命地用功补习，于半年之中，把中学校的课程全部修完。翌年三月，是我十八岁的春天，考入了东京第一高等学校的预科。这一年的功课虽则很紧，但我在课余之暇，也居然读了两本俄国屠格涅夫的英译小说，一本是《初恋》，一本是《春潮》。

和西洋文学的接触开始了，以后就急转直下，从屠格涅夫到托尔斯泰，从托尔斯泰到陀思妥耶夫斯基、高尔基、契诃夫。更从俄国作家，转到德国各作家的作品上去，后来甚至于弄得把学校的功课丢开，专在旅馆里读当时流行的所谓软文学作品。

　　在高等学校里住了四年，共计所读的俄、德、英、日、法的小说，总有一千部内外，后来进了东京的帝大，这读小说之癖，也终于改不过来，就是现在，于吃饭做事之外，坐下来读的，也以小说为最多。这是我和西洋小说发生关系以来的大概情形，在高等学校的神经病时代，说不定也因为读俄国小说过多，致受了点坏的影响。

　　至于我的创作，在《沉沦》以前，的确没有作过什么可以记述的东西，若硬要说出来，那么我在去国之先，曾经作过一篇模仿《西湖佳话》的叙事诗；在高等学校时代，曾经作过一篇记一个留学生和一位日本少女的恋爱的故事。这两篇东西，原稿当然早已不在，就是篇中的情节，现在也已经想不出来了。我的真正的创作生活，还是于《沉沦》发表以后起的。

　　写《沉沦》各篇的时候，我已在东京的帝大经济学部里了。那时候生活程度很低，学校的功课很宽，每天于读小说之暇，大半就在咖啡馆里找女孩子喝酒，谁也不愿意用功，谁也想不到将来会以小说吃饭。所以《沉沦》里的三篇小说，完全是游戏笔墨，既无真生命在内，也不曾加以推敲，经过磨琢的。记得《沉沦》那一篇东西写好之后，曾给几位当时在东京的朋友看过，他们读了，非但没有什么感想，并且背后头还在笑我说："这一种东西，将来是不是可以印行的？中国哪里有这一种体裁？"因为当时的中国，思想实在还混乱得很，适之他们的《新青年》，在北京也不过博得一小部分的学生的同情而已，大家绝不想到变迁会这样的快的。

后来《沉沦》出了书，引起了许多议论，一九二二年回国以后，另外也找不到职业，于是作小说卖文章的自觉意识，方才有点抬起头来了。接着就是《创造》周报、季刊等的发行，这中间生活愈苦，文章也作得愈多，一九二三的一年，总算是我的 **Most Productive** 的一年，在这一年之内，作的长短小说和议论杂文，总有四十来篇（现在在这集子里所收的，是以这一年的作品为最多）。这一年的九月，受了北大之聘，到北京之后，因为环境的变迁和预备讲义的忙碌，在一九二四年中间，心里虽感到了许多苦闷焦躁，然而作品终究不多。在这一期的作品里，自家觉得稍为满意的，都已收在《寒灰集》里了。所以在这集里，所收特少。

一九二五年，是不言不语、不做东西的一年。这一年在武昌大学里教书，看了不少的阴谋诡计，读了不少的线装书籍，结果终因为武昌的恶浊空气压人太重，就匆匆地走了。自我从事创作以来，像这一年那么的心境恶劣的经验，还没有过。在这一年中，感到了许多幻灭，引起了许多疑心，我以为以后我的创作力将永久地消失了。后来回到上海来小住，闲时也上从前住过的地方去走走，一种怀旧之情、落魄之感，重新将我的创作欲唤起，一直到现在止，虽则这中间，也曾南去广州，北返北京，行色匆匆，不曾坐下来作过伟大的东西，但自家想想，今后仿佛还能够奋斗，还能够重新回复一九二三年当时的元气的样子。

　　至于我的对于创作的态度，说出来，或者人家要笑我，我觉得"文学作品，都是作家的自叙传"这一句话，是千真万真的。客观的态度，客观的描写，无论你客观到怎么样一个地步，若真的纯客观的态度、纯客观的描写是可能的话，那艺术家的才气可以不要，艺术家存在的理由，也就消灭了。左拉的文章，若是纯客观的描写的标本，那么他著的小说上，何必要署左拉的名呢？他的弟子作的文章，又岂不是同他一样的吗？他的弟子的弟子作的文章，又岂不是也和他一样的吗？所以我说，作家的个性，是无论如何，总须在他的作品里头保留着的。作家既有了这一种强的个性，他只要能够修养，就可以成为一个有力的作家。修养是什么呢？就是他一己的体验。美国有一位有钱的太太，因为她儿子想做一个小说家（她儿子是曾在哈佛大学文科毕业的），有一次写信去问 Maugham[1]，要如何才可以使她的儿子成功。M 氏回答她说："给他两千块金洋钱一年，由他去鬼混去！"（Give him two thousand dollars a year, and let him go to devrils！）我觉得这就是作家要尊重自己一己的体验的证明。

关于这一层，我也和一位新晋作家讨论过好几次，我觉得没有这一宗经验的人，绝不能凭空捏造，作关于这一宗事情的小说。所以我主张，无产阶级的文学，非要由无产阶级自身来创造不可。他反驳我说："那么许多大文豪的小说里，有杀人做贼的事情描写在那里，难道他们真的去杀了人做了贼了吗？"我觉得他这一句话，仍旧是驳我不倒。因为那些大文豪的小说里所描写的杀人做贼，只是由我们这些和作家一样的也无杀人做贼的经验的人看起来有趣而已，若果真教杀人者做贼者看起来，恐怕他们不但不能感动，或者也许要笑作家的浅薄哩！

所以我对于创作，抱的是这一种态度，起初就是这样，现在还是这样，将来大约也是不会变的。我觉得作者的生活，应该和作者的艺术紧抱在一块，作品里的 individuality 是绝不能丧失的。若有人以为这一种见解是错的，那么请他指出证据

---

① 即英国作家毛姆（1874—1965）。

来，或者请他自己作出几篇可以证明他的主张的作品来，那更是我所喜欢的了。

于"过去"一集编了之后，回顾了一下从前的经过，感慨正是不少，现在可惜我时间没有，不能详细地写它出来，勉强作了这一段短文，聊把它拿来当序。

一九二七年八月三十一日午前四时于上海之寓居

（原载 1927 年 10 月《文学周报》

第 5 卷 11、12 号合刊）

目　录

—— 第一辑　文学概说 ——

第一辑

文学概说

文学概说

第一章　生活与艺术

艺术与生活，究竟有什么关系？这一个问题，是从古至今，不能解决的问题，也是我们所急欲知道的问题。我想先把生活为什么要要求艺术，以及艺术之影响到生活上的力量若何这两点说明之后，或者大家对于生活与艺术的关系，能够得到一个极粗的概念，现在先从生活说起。

要讲到生活，我们先要知道构成这生活内容的"生"是什么东西。总之我们是活在这儿。我们的一切要求，都是因为我们的"生"的原因而来的。那么，我们就是说"生"这一个不可思议的力量，就是造成一切存在、一切现象的原动力，也未始不可。不过"生"的本质究竟是什么？却是很难说出来的。

"生"的本质，虽然是很难说出，但是因为我们天天生在世上，所以从我们的经验上说来，约略可以知道这"生"对于人生的影响如何。我们一般的人，大约生存在这世上的人，无论何人，总有一种想把这世上的生存继续下去的心思。这一种冲动，这一种内部的要求，想来是谁也不能否定的吧。我们非但想把这生存继续下去，同时且更有想使这生存强固扩充的心思，所以我们的生存在世上，实在是这一种内部的要求反动的结果。这内部的要求，就是"生"的力量，生物学者称它为本能。达尔文的进化原理倡导以来，"生"竟被我们认为使无机物变为有机物，有机物变为单纯生物，单纯生物变为复杂生物，复杂生物又进而变为人的原动力了。从心理的进化方面来说，"生"就是使无意识的活动变为有意识的，有意识的活动变为反省的，反省的活动变为道德的活动的动机。这就是"生"这一个力量所有的动向。总之"生"的动向，是使人类一步一步从不完全的路上走向完全的路上去。虽则有几个例外，然而从大体看来，我们简直可以这样地说的。

所以"生"这一个力量是如此地表现在我们的存在之中。组成人类社会的我们个人，以"生"的力量的原因，得保持我们的存在，所以我们的存在，就是"生"的力量的具象化。我们在表面上虽则好像是个个独立生活在这儿，但实际上我们不过是一种假象，我们的背后，有这一种"生"的力量隐存在那儿。所以"生"是如此的具象地表现在我们身上，而表现就是创造。讲到艺术哩，却又除表现（即创造）外，另外是什么也没有的。

现在我们已经达到了生活就是"生"的表现的结论了。一时暂且把"生"的观念搁开，单把生活当作我们的本能的要求看，那么，我们的生活，就是我们的全个性的表现的这一句话，是可以说得的吧！行住坐卧之间，我们无处不想表现自己，小自衣食住的日常琐事，大至行动思想事业，无一处不是我们的自己表现，所以一分一刻，我们一边在努力表现，一边就在创造新的自己；换一句话说，我们的生活过程，就应该没有一段不是艺术的。更进一步说，我们就是因为想满足我们的艺术的要求而生活，我们的生活的本身，就是个艺术的活动，也就可以说是广义的艺术了。

讲到了这里，大约生活与艺术的关系，也约略可以推想出来。不过怕有人要问，既然生活就是艺术，那么狭义的，就是我们日常所说的"艺术"的存在理由，不是没有了吗？这一个疑问，是很正当的。现在暂且来作一个对于这疑问的解答，然后再讲到艺术上去。

上边已经说过，艺术毕竟是不外乎表现，而我们的生活，就是表现的过程，所以就是艺术。不过我们要知道，表现有种种程度，种种差别。我们要想表现自己，必须用一种媒介物或材料才行。对于这一种媒介物或材料，加以选择，认为适当的时候，我们就拿它来作表现的手段。这一种媒介物，在平常的文学论里，一般都称它为象征（symbol）的。

自己表现，最简单的时候，就是叫一声，吃一口饭，也可以达到目的。扩而张之，做一件事业，深而进之，奏一曲音乐、写一首诗，也是自己表现的一种方法。所以这些叫声、吃饭、事业、音乐、诗，都是自己表现的材料，换一句话说，就是象征。

我们各有各的嗜好，所以当表现自己的时候，对于象征的选择，也各有不同。然而大体说来，可以分作两种。有的喜欢选择粗杂的象征，有的非要选择纯粹的象征不可的。何以有一派人要选择纯粹的象征呢？因为象征是表现的材料，不纯粹便不能得到纯粹的表现。这一种象征选择的苦闷，就是艺术家的苦闷。我们平常所说的艺术家的特性，大约也不外乎此了。法国自然主义的作家福楼拜（Flaubert）对他弟子讲的话说，一个表现，只有一个字可以用得，不能用他字来代替云云，或者也是这个意思。

一般人的生活，照上面那样说来，本来当然是艺术的。无论何人，都有自己表现的欲求，都想创造一点什么东西出来的。不过内心虽则有怎样的要求，但是他们或者因为对于自己表现的才能不足，或者因为环境不好，累于衣食的奔走，不能达到他们的表现的目的。因此他们不得不求一个代言者，代他们表现，于这一个代言者的生活（纯粹表现的）之中，来求他们自家的生活的反映，于焉满足他们固有的创造的冲动。于是我们普通所说的艺术家就产生出来了。

所以艺术家是对于选择表现象征最精细的人，就是最能纯粹表现自己的人。他的任务，一方面是满足自己的欲求，一方面于不自觉的中间也是满足一般人的艺术的冲动的。这一种一般人的对于艺术的共鸣，就是艺术的普遍性的根据。我们对于艺术的要求，若只根据于这一种冲动的时候，那么，我们己身，即使不从事创造，也不失为一个艺术家。我们对于艺术的要求，若于此外更有目的，那就是我们的堕落了。

从上面讲过的地方看来，我们人类，不问他天性如何，职业如何，社会的境遇如何，无论何人，都是天生的艺术家，都想自己表现自己，都想创造一点什么东西出来的。这一种艺术的冲动，这一种创造欲，就是我们人类进化的原动力。因为我们内部有这一种力量在那里起作用，所以我们的生活能够造成一种方式，内容亦能日渐调整发展，若到了一个新时期，觉得外面的方式，不合我们内部的要求的时候，更能破坏这老的方式，而重新改造。

在这地方，我们不得不注意的，就是一面因为这冲动，我们形成了一种生活的方式以后，往往这一种方式，变成了硬壳，常有使这本来是内藏在人心深处，为我们进化的原动力的冲动，不能自由发展的弊病。譬如一般社会上所说的道德习惯，本来是由我们的艺术冲动所创造出来的东西，而年深月久，这些外面的方式，倒占了主位，潜藏在我们内部的艺术冲动，倒反而要被人轻视遗忘了。这种倾向的最好的适例，可以就我们的宗教生活上发现。宗教之所以能成立，不外由于我们内心的热烈的要求，后来到了种种外面的仪式成立的时候，我们的内部的一种信心，倒反而变成不足重轻的东西了。这一种宾主颠倒的现象，世上随处都有，而在艺术的世界里发现的时候，最足令人心痛。

在这一个地方，艺术家就可以显出他的伟大来了。真正的艺术家，是非忠于艺术冲动的人不可的。若有阻碍这艺术的冲动，不能使它完全表现的时候，不问在前头的是几千年传来的道德，或几万人遵守的法则，艺术家应该勇往直前，一一打破，才能说尽了他的天职。所以人家说：艺术家是灵魂的冒险者，是偶像的破坏者，是开路的前驱者。

艺术既是人生内部深藏着的艺术冲动，即创造欲的产物，那么，当然把这内部的要求表现得最完全最真切的时候价值为最高。依理想上说来，凡一切的艺术作品，都应该是艺术冲动的完全的真切的表现，而事实上却是不然。这又是什么缘故呢？这是由于艺术家对于艺术冲动所取的态度的不纯上来的。

上面已经说过，我们因为想满足我们的艺术的要求而生活，所以我们的生活，依理应该是艺术的。然而我们的实际生活，往往因周围包在那里的恶浊的空气，不能有可以使艺术冲动满足的那种表现。像这样的一种不完全的艺术表现，想使它变成完全的艺术表现的时候，我们不得不将不纯粹的恶浊分子除掉，而再来作一个第二次的表现，于是将生活用了纯粹精确的手段（文字、音乐、色彩、线体）来再现的要求就发生了。艺术本来就是表现，而艺术品的表现，实际上不是事实本体的现象，却是经过艺术家的气禀的再现。在这再现的时候，艺术冲动与表现的中间，就生了虚隙，艺术家得有自由出入之余地，上节所说的艺术家所取的态度的纯粹不纯粹，是全在这一个关头决定的。在这时候，若艺术家失了他的良心，不能使艺术冲动与他的表现一致，不能使艺术与生活紧抱在一块，不能使实感与作品完全合而为一，那么，这时候的作品，就是艺术堕落的发轫了。技巧偏重之弊，矫揉造作之弊，全是从这一个地方发生的。

表现当然是有赖于技巧的。艺术家不明技巧的时候，当然产生不出最好的艺术品出来的。但是技巧之得用的地方，只在艺术冲动旺盛的时候。若内部的要求一点儿也没有，单凭了技巧的熟练，率尔就可以创作的话，那么，世上的艺术家可以不要，我们也可以把艺术拿来当作平常的工业出产品看了。

第二章　文学在艺术上所占的位置

上章所讲的，是关于艺术一般的创作冲动。我们一般人都有生的要求，这一种要求的表现，就成了艺术。世界社会的种种现象，都是表现，所以都应该是艺术的。然而因为外围空气的恶浊，或社会制度的不良，以及一切已成道德习惯的阻碍，我们的内部的要求，不能完全表现出来。所以现在实际上的一切表现，都是不完全的，因此我们要要求艺术家，用了他的天才，把一切非艺术的表现和欲表现创造而不得的苦闷，来代我们纯粹的表现创造出来。这系上章所说的大意，是关于普通所说的艺术一般的，现在要说到文学上去了。

艺术的表现，非用材料（即象征）不可，上面已经说过了。古来的艺术家，所有的创作冲动，虽则是一样，然而当他表现的时候，因为所用的象征不同的缘故，从这共通的根上，就不得不分出许多枝叶来。

前人对于艺术分类的方法，各有不同，现在把比较简单明了的介绍几种。

希腊的柏拉图（Plato，前427—前347）只从空间、时间上着想，分艺术为两类。

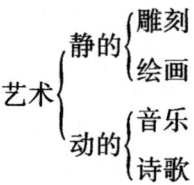

艺术 { 静的 { 雕刻 / 绘画 } 动的 { 音乐 / 诗歌 } }

德国哲学家黑格尔（Hegel，1770—1831）宗法国巴特（Batteux）之说，把艺术分类的方法，由三个标准来决定。一自主观的方面，依赏玩艺术的官能方面而分的；二自客观的方面，依艺术的材料而分的；三自历史方面，依各时代的理想而分的。黑格尔的分类方法，觉得较为便利，不过第三种分类方法，不得不时时变易，未免太无确实性。

艺术 { 主观的 { 由视觉者（建筑、雕刻、绘画）/ 由听觉者（诗歌、音乐） } 客观的 { 形体的（建筑、雕刻、绘画）/ 音响的（音乐）/ 言语的（诗歌） } 历史的 { 象征主义 / 古典主义 / 浪漫主义 } }

其次为德国哲学者哈特曼（Eduard von Hartmann，1842—1906）之分类。虽更详尽，然而他所分的，只限于黑格尔的所谓客观的分类一方面，对于主观的历史的两方面，却没有说及。他把艺术分为形美、附庸、自由、复合的四部。四部中复以占空间、时间或官能的空想的不同，分为若干项，列表如下：

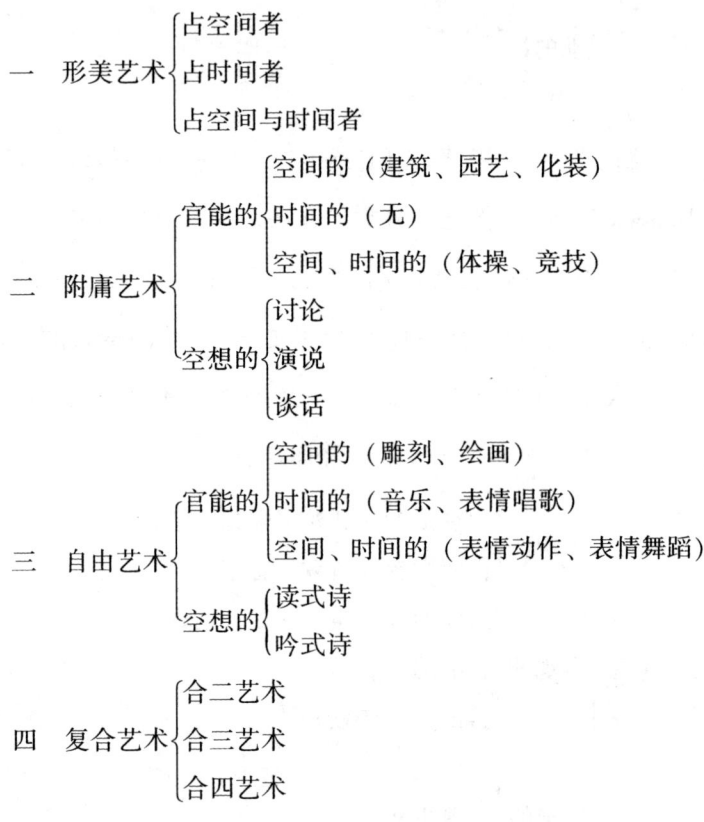

一 形美艺术 ┤占空间者
　　　　　　占时间者
　　　　　　占空间与时间者

二 附庸艺术 ┤官能的 ┤空间的（建筑、园艺、化装）
　　　　　　　　　　时间的（无）
　　　　　　　　　　空间、时间的（体操、竞技）
　　　　　　空想的 ┤讨论
　　　　　　　　　　演说
　　　　　　　　　　谈话

三 自由艺术 ┤官能的 ┤空间的（雕刻、绘画）
　　　　　　　　　　时间的（音乐、表情唱歌）
　　　　　　　　　　空间、时间的（表情动作、表情舞蹈）
　　　　　　空想的 ┤读式诗
　　　　　　　　　　吟式诗

四 复合艺术 ┤合二艺术
　　　　　　合三艺术
　　　　　　合四艺术

此外尚有种种分类方法，或细而难用，或简而不周，现在想取日本有岛武郎之法，分艺术为具象艺术与印象艺术两种。前者将创造者的内部生活具象化在象征之上，鉴赏者先与具象化的物体相接触，然后得与潜藏在此物体中之作家的内部生活起感应，例如雕刻、绘画、建筑等类是。后者将创造者的内部生活非具象地表现出来，鉴赏者因之得以直接与作家的内部生活相接触，由此印象再徐徐在心中造出具体的形象来。这两种艺术的感应过程，以图来表明的时候，当如下式：

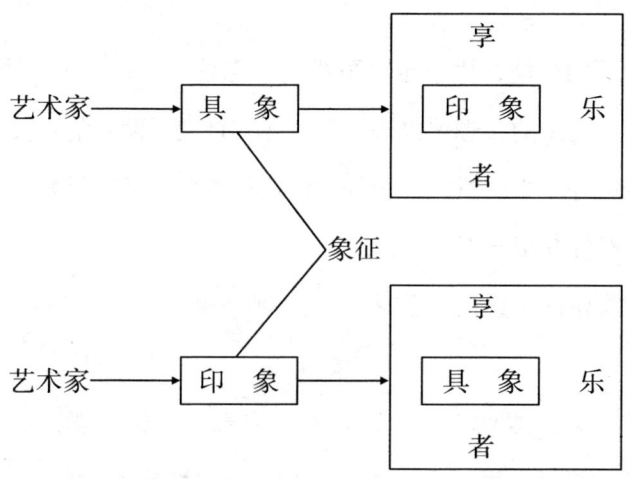

文学当然是印象艺术，印象艺术之特色，即在先向鉴赏者的感情方面起作用，然后再起具象化作用，而移入感觉方面。

第三章　文学的定义

天下的事情，比下定义更难的，恐怕不多；天下的事情，比下定义更愚的，恐怕也是很少，尤其是文学两字的定义。然而古今中外不少的哲人，曾经做过这件愚事，现在只好把他们的主张择优介绍一下。

魏文帝的《典论》里说：

> 夫文本同而末异，盖奏议宜雅，书论宜理，铭诔尚实，诗赋欲丽。……文以气为主，气之清浊有体，不可力强而致。……是以古之作者，寄身于翰墨，见意于篇籍，不假良史之辞，不托飞驰之势，而声名自传于后世。

大意说文章以气为主，气之清浊有本体在那里，不能勉强的。他的所谓"体"这个字，我想来曲解作第一章所说的艺术的本体，"气"这个字，我想把它曲解作艺术家的气禀之发于外者。总之，不管它的解释如何，在这一段话里，有一件事情，是的确可以看出来的，就是文学的永久性（Permanency of Literature）。

晋挚虞的《文章流别论》里说：

> 文章者，所以宣上下之象，明人伦之叙，穷理尽性，以究万物之宜者也。……古之作诗也，发乎情，止乎礼义。情之发，因辞以形之；礼义之旨，须事以明之。故有赋焉。所以假象尽辞，敷陈其志。……古诗之赋，以情义为主，以事类为佐……

其他若陆士衡的《文赋》及刘勰的《文心雕龙》里的解释等，虽约略相同，然其实却相去甚远。不过这些中国古代文人所作的解释，现在若把它们拿来，勉强用在现在我们所讲的文学两字上去，却有点不对。因为孔子所说的"文学子游子夏"的"文学"，是文章博学的意思，而现在我们在这里所说的"文学"，是外国文 Literature 的译语。既已贩卖了外国的金丹，这说明书自然也不得不用外国的了。底下我想把外国人对于文学下的定义来介绍几个（文学是艺术的一个分支，有许多关于艺术的根本的定义，当然也可以通用于文学的）。

外国人中间也各有各的见解，例如希腊亚里士多德（Aristotle）的定义，以为"艺术就是模仿"（Art is imitation），他在他的《诗学》里说：

Epic poetry, tragedy, comedy, and music of the flute and lyre, in most of their general forms, are all their general conception, modes of imitation.

这一句话，实际上不能说它不对，因为文学里头，的确有许多模仿的分子含在里头。然而也不能说它是整个儿地可用于文学的，因为创作的时候，除了模仿之外，还有选择、组合、理化等等作用在那里。

其次是迪奥·克里索斯托（Dio Chrysostom）的定义。他说艺术是艺术家对于概念所给予的切实的现实性的具体形式。像这样的现实未起之前，或与此分离的时候，这一种概念是不明确的。

与这话同样的意思，莎士比亚在他的《仲夏夜之梦》（*A Mid Summer Night's Dream*）里也曾说过：

And, as imagination bodies forth
The forms of things unknown, the poet's pen
Turns them to shapes, and gives to airy nothing
A local habitation and a name.

艺术实际上是不外乎由艺术家给予不定的概念的一个形体，不过若问这个定义是否可以包括一切，这话我们也难答应他说"是的。"

还有把文学的范围弄得很广的定义。譬如英国的阿诺德（M.Arnold，1822—1888）以文学为"The knowledge of best that has been thought and said in the world"。同样，哈莱姆（Henry Hallam，1777—1859）以文学为包括一切的东西。《英国文明史》的作者巴克尔（Henry Thomas Buckle，1821—1862）把文学解作广义的 application of letters on records of facts or opinions。

对于这些广泛的定义，怀了不满，德·昆西（Thomas de Quincey，1785—1859）在他的论蒲柏（Pope）的文里说："我们所说的文学，究竟是什么意思？普通一般无思想的人们以为凡是成书的印刷物，都包括在内的。对这定义的指摘，不必用许多论法；无论如何无知的人，总容易使他了解一个文学的观念里头，有一种关于人生普通一般的趣味的重要因素存在那里。是以单是与地方的、专门的或个人的趣味相投合的东西，虽则他的表现是成一本书形，却不是属于文学的。"

德·昆西又把文学分为知的文学与力的文学。他的意思是知的文学重在教我们以知识，力的文学重在使我们感动。前者是舵，后者是棹或帆。前者只对论证的知力说话，后者是该对比较高尚的知力（即理性）说话的，然而它系常由享乐、同情等性情来说话的。

此外又有俄国托尔斯泰（L.Tolstoy，1828—1910）的定义。他在他的《什么是艺术？》一书里，攻击快乐主义、耽美主义，虽很猛烈，不足为训。但他这本书的前半，介绍历来各家的学说甚详。他自家的定义，也不能说他不对。他的大意是："自己经验过的感情，自己回想起来，回想出来以后，用了运动、线、颜色、音响，或以言语来表现的形式，来传达这感情，使他人也可以感到同样的经验，这就是艺术的活动。"

英国诗人雪莱（Shelley，1792—1822）在他死的前一年作的论文《诗的防御战》①（*A Defence of Poetry*）里头也有这样的主张。托尔斯泰又说："艺术是人用了外的记号，将自己经验过的感情有意识地传给他人，他人受了这感染，自己也经验这种感情的一种活动。"

此外还有弥尔顿（Milton，1608—1674）把诗的意义作为单纯的感觉冲动（A simple sensuous impulsion）看的，也有如柯勒律治（Coleridge，1772—1834）的一流人，把文学当作最好的序次的最好文字（The best words in the best

---

① 现译为《为诗辩护》或《诗辩》。

order）看的。

若更把德法诸家的定义拿来排列起来，怕单是文学的定义，也有几本书好写。现在我想引了约翰逊博士（Johnson，1709—1784）在他替蒲柏所作的传里所说的话，来笑那些硬下定义的先生的狭小："To circumscribe poetry by a definition will only show the narrowness of the definer，⋯⋯"此处不再下定义了。

不过文学的定义虽则可以不下，而文学的内在的倾向，表现的倾向和体裁，却是有的，此后当把这些倾向分别说明一下。

第四章　文学的内在的倾向

从上章所书各家对于文学所下的定义看来，大约"文学究竟是一件什么东西"的这个问题，约略可以在我们的脑里造成一个极粗的解答。现在不从规定文学一般的原则上先下断案，想从文学共通所有的内在倾向里找出几个大纲来。

文学在表现上的倾向和表现的时候所用的体裁，原有种种的不同，就是内在的倾向，也可以分成数种。文学的内在倾向，就是各种文学作品的实质上的色彩，大抵是依产生作品的时代的倾向而决定的。总之，一个时代有一个时代的时代精神，一个地方有一个地方的地方色彩。时代精神和地方色彩，就是构成环境的主要分子。我们人类的生活，无论如何，总逃不了环境的熏染，文学作品的内容，也是一样地免不了环境的支配的。这一层的意思，法国的孟德斯鸠和丹纳（Taine，1828—1893），已经很切实地说过了，我们在此处不必多讲。

记得在第一章里，曾经说过，艺术就是人生生活的表现，文学既是艺术的一分支，当然也是生活的表现。所以要说到文学的内在倾向，同时不得不说到生活上去。大凡在一个时

020

代一个社会里经营的生活倾向，可以分作以过去为主的、以现在为主的和以未来为主的三种。当然生活是我们人类经营处理现在的方法，断不能完全抹杀现在，而只注重于过去的回忆或将来的空望，不过有时候在一个社会里的生活，因为忘不了过去，每想把"现在"的生活，模拟"过去"，这就是以过去为主的生活。反之，这一种热望空想，倘向着未来发放的时候，那就是以未来为主的生活了。以现在为主的生活里，当然也有回思过去、梦想未来的事情，不过当这时候，为启发生活的主力的，却是现在。这三种的生活样式，以人生的老年期、青年期、壮年期来作譬喻的时候，最容易明白。

以过去为主的生活，大抵是在老年期里发生的现象。譬如人生在老年期里，衰弱难堪，对于将来，也没有半点希望，当时心里只感得一种无限的空虚，要想填补这一种空虚，就不得不把过去的荣华重重追忆起来，以自娱慰。白头宫女的爱说玄宗盛日，就是这种心理。这一种心理，不但是个人当衰老的时候有之，就是一个社会到了颓亡衰老的时期，也是有的。大抵一个衰老的社会，当极盛时候早已过去，精力的全部，消亡殆尽，残余的一丝活力，不能自家振作再来做一番事业，而生命力又不是完全塞死的时候，这时候的生活内容，就是过去的回思，因为过去是他的所有中最华美的东西。然而这过去的回忆，不过是他的现在的精力不足、意志不坚的证明，无论如何，想把过去的荣华完全恢复，是办不到的。于是乎只好用了感情，把过去的事情，格外地想得壮丽，才足以掩盖现在的孤苦。这时候，生活力的全部，就趋于感情的一方面，感情这个特殊机能，便不得不特别发达了。主情的倾向，就在此时十分地增长，文学上所说的殉情主义（Sentimentalism），也大抵于此时发生的。所以我们可以这样说：以过去为主的生活环境所要求的文学表现，是殉情主义。

文学上的这一种殉情主义所有的倾向，大抵是缺少猛进的豪气与实行的毅力，只是陶醉于过去的回忆之中。而这一种感情上的沉溺，又并非是情深一往，如万马的奔驰，狂飙的突起，只是静止的、悠扬的、舒徐的。所以殉情主义的作品，总带有沉郁的悲哀、咏叹的声调、旧事的留恋与宿命的嗟怨。尤其是国破家亡、陷于绝境的时候，这一种倾向的作品，产生得最多。现在且把南唐李后主的一首《浪淘沙》词抄出来，做个好例吧：

往事只堪哀，对景难排。秋风庭院藓侵阶。一桁珠帘闲不卷，终日谁来。金锁已沉埋，壮气蒿莱。晚凉天净月华开。想得玉楼瑶殿影，空照秦淮。

再举一个例出来，就如清朝黄仲则的一首《梅花引》：

> 恹恹闷，沉沉病，寓楼深闭谁相讯？冷多时，暖多时，可怜冷暖于今只自知。　一身常寄愁难寄，独夜凄凉何限事。住难留，去谁收？问君如此天涯愁么愁！

这也是殉情主义的结晶体。他虽生于盛世，然而半生潦倒，病卧他乡，回想到少年的雄心幻想，与现在的情形一比，只觉得天空海阔，无处容身。于是他的自怜的感情，就油然起来了。

说到这里，我又不得不把前面的话来补正一下。到了国家衰败、生活不定的时候，原容易产生出殉情主义的文学来。但是有些作家，或者虽则身逢盛世，而他一人别有怀抱的时候，他的作品，也免不了有这样的色彩。譬如盛唐的王昌龄，有时也露出这一种倾向来。还有许多际遇很好，环境也很完满的人，偶因一宗细事，不遂心愿，也常有这一种殉情的作品写出来。这一种人，是天生的殉情主义者，无论如何，也改不过来的，譬如清朝的宗室纳兰成德，就是这一种人。

中国的文学里头，以殉情主义的文学为最多，像古代词臣的黍离麦秀之歌，三闾大夫的香草美人之作，无非是追怀往事，哀感今朝。至若杜工部的诗多愁苦，庾兰成的赋主悲哀，更是柔情一脉，伤人心脾，举起例来，怕真要汗牛充栋。我且把外国文学里的殉情主义来介绍一点。

外国文学里最富有殉情的倾向的，是以"How doth the city sit solitary, that was full of people! How is she become as a widow！ She that was great among the nations, and princess among the provinces, how is she become tributary!"一节起头的《耶利米哀歌》（*The Lamentations of Jeremiah*）为最。前后虽只五章，然而一句一泪，实在是《旧约·圣经》里最有价值的一篇东西，大家若不厌麻烦，我再来引它的第二节吧。

She weepeth sore in the night, and her tears are on her cheeks : among all her lovers she hath none to comfort her : all her friends have dealt treacherously with her, they are become her enemies.

以下一节紧似一节，咏叹也一层哀似一层。我劝大家有空的时候，可以拿它来一读。其次如十四世纪意大利的彼特拉克（Petrarch, 1304—1374）的抒情诗，可以说是殉情主义的文学中的绝唱。大抵西洋自中世以来的抒情诗人，在他的抒情时代所作的作品中，多少总带有一点殉情的色彩，其例却举不胜举了。近代作家中的殉情主义者，在德国，我想举

一个 *Hyperion*① 的著者荷尔德林（Friedrich Hölderlin，1770—1843）。在法国，当推卢梭（Rousseau，1712—1778），以及其后继者 *Obermann*② 的著者塞南古（Sénancour，1770—1846）了。在英国，这一流的纯粹的殉情主义者，比较少些，不过在近代人像吉辛（George Gissing，1857—1903）的小说里，道生（Ernest Dowson，1867—1900）的诗文里，处处都可以看出这一种倾向来。

在这一个地方，我们可以看出文学上的主义倾向的界限是不同科学那样清楚的，并不是在一个怎么怎么的地方或时代，一定要产生怎么怎么的文学的。这种文学上的主义倾向，不过是为研究者的便利起见而设的名词，并不是先有了这些主义倾向的规则，而后文学才照此规则制造出来的。

上面觉得对殉情主义的话讲得太多了。现在只好赶快前进，约略讲一点其他的两种倾向。

以未来为主的生活环境，系当一个时代，已经做了一段事业之后，而生活力还是十分旺盛，更想把生活内容完全刷新更张的一种状态。若以人的一生来比，恰与青年期的情形很像。青年期系经过了幼年少年两期而达到的时代，这时候的生活力的丰盛，自可以不必说了。

---

① 《许珀里翁》。
② 《奥倍曼》。

青年期的生活力的暴涨，每有不受理智的或意志的制御之势。所以过去的荣华，当然不能满足他的梦想，就是目前的现实，也觉得丑陋难堪。他所期望的，只是未来的理想。这理想的实现，由生活力旺盛的青年看来，原甚易易。所以他对于过去，取的是遗忘的态度；对于现在，取的是破坏的态度；对于将来，取的是猛进的态度。这一种倾向的内容，大抵是情热的、空想的、传奇的、破坏的。这一种倾向在文学上的表现，就是浪漫主义（Romanticism）。

殉情主义与浪漫主义虽同是富有感情的两种倾向，然而前者因为理智发达，感情无奔放之势，而后者则把理智和意志完全拿来做感情的奴隶。情之所发，不怕山的高，海的深，就是排山倒海，也在所不辞，这就是浪漫主义的好处。然而由另一方面讲来，这也是浪漫主义的坏处，因为太无制御的结果，浪漫主义的文学每有使文学陷入空疏粗笨的危险。

浪漫主义的文学，大抵是新兴国民的产物。所以中国当金元盛日，产生许多传奇杂剧。剧中有许多离奇的理想，结局后来都实现出来。但自今日观之，实在和小孩的说梦差不多。

在外国文学里，这一种倾向的作品很多，例如德国的浪漫主义盛行的时代，蒂克（Johann Ludwig Tieck，1773—1853）、艾兴多夫（Eichendorff，1788—1857）等的作品，都是这一类东西。并且当时的欧洲，完全受了这浪漫运动的影响，各国都产生了许多浪漫派的作家。法国的雨果（Victor Hugo，1802—1885），英国的拜伦（Byron，1788—1824），德国的歌德（Goethe，1749—1832）、席勒（Schiller，1759—1805）等的大半作品，都带有浪漫主义的色彩。不过这一种浪漫主义的分子，并不是限于这一个时代，更不是限于某一个地方的，现在二十世纪科学如此的昌明，民智如此的发达，也时时有这一种作品出现。

最后以现在为主的生活环境，系当一个社会发达到了相当的程度，各方面都保持着均衡的时候的生活现象。以人生来比，可比作壮年时代。青年期的生活力，在这时候，还依然保存着，没有萎缩。而理知与意志也发达到最高的地步，足以抑制热情的奔放。这时候知情意的三种作用，都能保持着均衡，而助成人格的完美。过去虽系华美，然而这时候的理知，知道事如覆水，不可再收，所以对过去并不追恋。未来也许是伟大，然而这时候的意志，却只顾着现在，因为欲使现在的生活充实，非要脚踏实地，一步也不放松不可。明知道现在有许多不完不美之处，然而理知与意志联合起来的判断，却只有努力于目前，按部就班地将这些不完不美的地方修正过去的一法。所以这时候的生活，毫不空虚，也不奔放，以五官所及的现在为其中心，一步一步地走向完成的路上去。这一种倾向，实在是一般壮年人所共有的倾向。这一种生活环境在文学上的表现，就是写实主义（Realism）了。大抵将近成熟期的文学，都是如此的。

写实主义的好处，是在无架空玄想之弊，足以救浪漫主义的不足，然而每有固定化、形式化之危险。大抵生命力的内容统合完整的时候，这一种力量的动向，很容易硬化，这时候若周围的状态一有变更，那么，这种固定的形式，就要发生障碍，变成阻止进化的东西了。此外写实主义更有堕入琐杂主义（Trivialism）的危险。这是因为接触现实太固，完全不承认新倾向的自由，以目前所有的事，为唯一的现实材料，就此自满的结果。所以非至于把人生弄成一个无价值、无趣味的东西不止。

总之，写实主义因为肯定现在太甚，所以把现实的好处坏处，都无判断地承受进去。写实主义到了极盛之后，自坏作用，很不容易起来。然而因为这主义的根底系据在实际的现实上面，所以它的统合性、健全性、力的表现和概念（Conception）的充实，都为其他两种主义所不及。

写实主义的发达，以十九世纪后半期为最显著。欧洲的文化，在这一个时期里，发育到了顶点。于是欧洲的思想界文学界，都呈一种饱满之相。这一种倾向，与自然主义运动联结在一处，产生了许多好的作品。不过后来因为这一种机械的人生观宿命观，太不自由了，所以自坏作用就在这主义的底下争执着想抬头起来。而德国的乡土艺术的主张和法国的传统主义，便油然兴起，想取自然主义而代之。但是这两种倾向，也不过是一种回顾的风潮，系时代促成的一种殉情主义，所以破坏写实主义的力量，终究不足。直到二十世纪的初期，所谓新浪漫主义（Neo-Romanticism）起来之后，写实主义的自坏作用，方才徐徐地开始了。

上举的三种文学内在的倾向，以哪一种倾向最能生产良好的文艺呢？这一个问题却不容易解答。因为三种主义各有各的好处坏处，无论是哪一种倾向的作品，只要是好作品，在文学上的价值都是一样的。你能指出诗三百篇中哪一篇为顶好吗？你能指出《全唐诗》里的哪一首为第一吗？上回已经说过，文学上的规则不能和科学一样地呆说的。况且这三种倾向，又系互有相通的地方，各种文学作品里，这三种主义简直可以说是同时并在的。三倾向的纯粹独自的表现，无论什么地方、什么时候，都找不出来。

但文学上的作品，因这三种倾向的配合成分如何，有时候也可分出健全的或不健全的区别来。而写实主义，系最富有健全性的。所以以写实主义为基础，更加上一层浪漫主义的新味和殉情主义的情调的文学作品，在文学上当然是价值为最高。英国伊丽莎白王朝时代的文学和欧洲自然主义初兴时代的文学，就是好例。中国当清朝的乾隆盛世产生出来的《红楼梦》，也是如此的。

从本章所讲的地方看来，我们不得不承认环境对于生活的影响的巨大。不过在第一章里曾经说过，艺术和生活，同是一种生的力量的表现，是我们个人的内容要求的一种表现。若生活完全要受环境的支配，那么，艺术家的创造，不是几等于无了吗？在这地方，我们要知道，一个时代和一个社会，若完全有支配生活的力量，那么，人生就不得不日渐消灭，同一个自旋的陀螺一样，外力停止的时候，就是人生寂灭的时候了。我们人类社会之所以有进化，之所以不寂灭者，都因为有超越环境的个性的内部要求存在在那里。

伟大的个性是不能受环境的支配的。改造环境，刷新时代的工作，都是由个人的艺术的冲动演出来的。所以我们个人，一方面虽脱不了环境和时代的影响，一方面也是创造环境、创造时代的主力。王尔德所说的"并不是人生创造艺术，却是艺术创造人生"的意思大约也不外乎此了。

总之，俯伏在环境支配的底下，不敢越雷池一步的，是一般庸人的状态。向人生的恒久的倾向、状态、命运等着眼，忠于内部的根本的要求，而不受环境的压迫的，是天才的气禀。同时代的一样的艺术家中，有天才也有庸才，所以艺术作品中，也有通俗的和艺术的两种。在小说上，这两种区别最容易看得出来。通俗小说，大抵是以俯伏在环境底下，描写社会上浅薄的情节者居多；文艺小说，大抵是以不顾环境，描写那些潜藏在人心深处的人类的恒久的倾向者为主。艺术的表现，艺术的创造的真意，当然是在后者而不在前者。从事文艺的人的责任和意义，大约大家都能了解了吧。

第五章　文学在表现上的倾向

产生文学的内心的动机，即内在的倾向，已经在上章里说过了。现在要讲的，是这些倾向，当表现出来的时候，取的是怎么一种外形？前头曾经说过，艺术不外乎表现，艺术冲动的中间，有一个要求表现的重要因素在那里。这一种要素作用的结果，就是艺术的诞生。文学是艺术的一部类，它的产生的原因，当然也和其他的艺术品一样的。

文学在表现上的倾向，依历史的进展看来，大约可分作古典主义（Classicism）、浪漫主义（Romanticism）、自然主义（Naturalism）和理想主义（Idealism）的四种。

我们一听见古典主义这几个字，就要联想到希腊，联想到由希腊的美土里所栽培出来的那种伟大的艺术品上去。

大抵古典主义的表现的特色，在规模的雄大、形式的整齐、无极端的感情偏倚之病。文字庄重典雅，关节处无缝无痕。且平衡确保，好像是在坚强的基础上面，建筑着很适当的台殿，绝无理想主义或浪漫主义中所带有的那种流动的感觉，系绝对的安定，十分的匀整的。

何以独在希腊这一种艺术品会这样的发达的呢？这系被他

们的生活所促成的。原来希腊人聪明透彻，对生活的事象，不单是随遇而安，他们有时候竟想把生活的内容完全分析解剖，欲得一个彻底的妙悟。然而人的生活，本来是神秘的，你愈是研究，愈能看到人世的矛盾、不可解和冲突。得到的结果，还是一个悲痛的收场。若这一种人类的绝望的运命完全呈露在我们的面前，没有什么缓和剂来解救的时候，那么，我们只好把人类的努力全部丢弃，无条件地降伏在大自然的脚下，任凭命运的翻弄。这时候我们所有的观念，终须超出于悲剧之外，非至于厌世、悲观到极点不可。但在此处，希腊人却因为有一个绝好的缓和剂的原因，被解救了。

解救希腊人的性灵，不使陷入极端的悲观厌世的状态中去的，是希腊的"大自然"。希腊的天然风景，能使泣者歌，忧者乐。不但气候温和，就是单从地脉丰饶的一点上讲来，也是世界的乐土。何况更有明媚的风光、澄鲜的空气与华美的山岭，包围在他们的周围呢！

希腊人的聪明的头脑，对于人生的运命，当然是看穿了的，一面已经看穿了人生的运命，一面还不放弃生活的享乐，不放弃人生的努力，依然还想征服自然，征服不可抗力的运命的理由，就是因为他们的周围的天惠在那里鼓舞他们的勇气的缘故。

所以希腊人的生活，是英雄的生活。一方面因为对不可抗力的运命，希图反抗，结果终不能得到胜利，所以他们的生活，又是悲剧的。然而他们并不绝望，并不轻生。既然生在世上，他们就在预备作战。心里虽明知道将来的结果，然而他们的战斗，还是勇猛绝伦的。希腊艺术的雄大，即说它是从这一种生活态度发生出来的，也不算为过。

希腊人的生活，是处于两个极端的中间的生活：一方面由他们的聪明的头脑而得的人生观，是悲惨的；一方面由天然环境给他们的外部生活，却是非常愉快的。若立于这两者之间，不能保持平衡，那么，希腊人就或者不得不放弃他们的外部生活，而陷入悲观的自杀；或者不得不蹂躏他们的智慧，而全然服从自然的豢养，做一种不劳而食、不思而息的人民。然而这两种偏倚，对于希腊人，都是莫大的损失，也是智者所不为的事情。所以希腊人的生活，是立于两者的平衡之上的。希腊艺术的匀整、安定的表现，我们就可以从此处看出来了。

希腊的古典艺术，不单是外形的华美而已，这一种外部的表现，实系由于他们希腊人的内部的必要而发生的。所以在古典主义的表现被我们轻视的现在，希腊的艺术，还是有它特有的价值。

我们对希腊的极盛时代所产生的作品，于叹赏它的外观的整美雄大之外，更能感到一种内部的生命，更能觉着一种移动我们内部的热力。然则到了古典主义的末期，这些作品，在外形上，虽更整齐，而内部的生命，却完全消失，我们对之，就不能生十分的感叹了。其后也有几个时代，想把希腊的古典主义的表现复兴，不过人种不同、时地不同的这些萧条异代的艺术家，终究不能回复希腊盛时的旧观。譬如法国王朝极盛的时代，因为国王的提倡，大家来模仿希腊的作品，然其结果，除了高乃依（Corneille，1606—1684）、拉辛（Racine，1639—1699）等几个天才，略得其形似外，真没有许多大作品，可以使我们满足。这是因为法国当时的国民生活与希腊人不同，法国的自然环境、民族传习和国民性与希腊不同。

浪漫主义，系当希腊文化移入意大利后，经过了若干年代，然后起来的一种文学上的表现法。当然这一种表现法，与前章所讲的内在倾向的浪漫主义联结在一处，对这主义的内在倾向所讲的话，有大部分可以适用于这一派的表现法上。总之，浪漫主义在表现上的特质，可以用一句话来包括，就是"求异常的新的表现"。古典主义，以形式的整齐匀称为表现的极致；浪漫主义，则均衡对称等全不顾及，只以自己内部的要求为重，环境及传统，可使用者则使用之，否则就是完全破坏，也在所不惜。这一种倾向，系当欧洲文明到了中世纪渐渐统整的时候，方始抬头。这时候，大家对于现在的生活有些不满意起来了，大家都想找出一个新天地来，去安息娱乐。要达到这一个目的，只好以一种新的形式来表现整个儿的新的思想，于是但丁（Dante，1265—1321）就当时文化而加以批评，塔索（Tasso，1544—1595）即理想的艺术而托以生命。一般的群众，得了这些人的指示，才从睡梦里醒转了来，以新的眼光来视察周围。于是对现实不满的情调，就变成了普遍的倾向。新世界的追寻、新生活的热望，就成为一般民众共有的祈求了。

这浪漫主义的内在外现的倾向，惹起了欧洲文艺复兴运动以后，一直到了近代的国家组织就绪，欧洲的国民开始经营国家主义的生活，统辖于中央集权的政府之下的时候止，方才歇影。这时候在文学上新兴起来最有势力的表现法，是法国王朝所提倡的、前段已经讲过的拟古典主义（Pseudo-classicism）。在这一种似是而非的古典主义之下，当然产生不出好的艺术作品来的。于是生气勃勃的德国国民，引了不为时代所屈服的天才莎士比亚（Shakespeare，1564—1616）的余光，重整浪漫主义的旗鼓，对法国的这种尸骸迷恋的表现法，下了绝大的攻击。这时候却逢法国帝政动摇，法国的青年，自家也不能满意于他们传来的那种艺术上的桎梏，马上就和新兴的德国国民联结成一处，树起叛逆的旗来。又加以莎士比亚的故国，也出了一群年少的天才，在那里摩拳擦掌，闻风响应。这一种风起云涌，席卷欧洲天地的新运动，就是十八世纪以后的浪漫主义的复活。在这一个时期里，德国有歌德、席勒，英国有拜伦、雪莱、济慈（Keats，1795—1821），法国有雨果、巴尔扎克（Balzac，1799—1850）等大家。一时人才辈出，把欧洲的天地，弄得异常的热闹，异常的活泼。他们的反抗现实的倾向、时代弹劾的精神，影响到政治上去的时候，就成了法国的大革命；波及个人生活上去的时候，就成了个性的解放与思想的自由。总之，我们实际上要想把固有的习惯打破，要想做一番新的事业的时候，总要有一种浪漫主义的思想在前开道才行，这事实在历史上是早已经证实了的。

不过物极必反，浪漫主义的发达到了极点，就不免生出流弊来。就是空想太无羁束，热情太是奔放，只知破坏，而不谋建设，结果弄得脚离大地，空幻绝伦。大家对此，总要感到一种不可名状的空虚与不能安定的惑乱。尤其是有科学精神的近代人，对此要感到一种不安。

讲到了近代人的科学精神，我们更不得不解释一下。原来欧洲自文艺复兴运动起后，一般人的智力开展，对于现象的本质，每欲以一种冷静的态度来彻底研究。占星术、炼金术和神秘哲学等，就是这种倾向的先驱。他们不单是以直接的人的生活为思索的对象，更进一层，且想把产生人的生活的自然及思考力本身拿来做研究的目标，很合理地寻出它们的本质来。这一种精神活动，一时虽不能达到它的最后的结果，然而因为它是理智的运动，所以一天一天地及于文化生活的影响，终加大了。古来所轻视为俗界的物质，环绕在我们周围的物质，实际上对于我们的生活，有绝大的势力的这件事实，经了这一番研究，渐渐地明了起来。这思想的根据，在我们日常的生活上，更渐渐地证实起来，差不多要把我们的思想生活全部占领了。这一种精神，一般都称它为科学的精神。

欧洲的思想，到了这时候以后，差不多都受了这科学精神的洗礼。所以空想的假定，不得不被排斥，而不可捉摸的精神界的空论就绝迹了。科学的精神所要求的，是实在的事实。实在的事实，只在我们所能感触的物质上可以得着把握。所以科学研究者第一先从物质的本质及支配物质的法则上下功夫，于是种种新的事实和法则，就被发现了。以这些事实和法则为基础，讨论万有和人生的关系的哲学，亦即随之而生，这就是我们所说的唯物的人生观。

科学的研究法，大体是以归纳法为主，故个体的特色，往往被我们所忽略。看取若干个体的共通的特色，是归纳法的目的。这种方法，应用到人生问题上去的时候，个性当然不能固持它的重要了。所以由个性综合而成的社会生活和使社会成立的环境的状态，就成了研究人生问题的重心。这一种倾向，渐渐地推广开来，结果文学界里也感受了这一种习惯，以此为根据，文学上的表现法（自然主义）也就发生了。

浪漫主义打破古典主义的武器，就在主张个性重视的一点。代浪漫主义而兴的自然主义，这次又以注重环境，忽视个性为主张了。自然主义者老说的一句话，就是："一个人生在世上，任凭他个性如何不同的人，你若把他放置在同一生活状态之下，则可以看出支配运命的全部的，终究是环境。"自然主义者的主张，大抵谓各种存在皆因物质的因果关系而成就，须受宿命的力量的束缚的人的生活，也逃不了这个束缚。所以自然主义的文学者当创作的时候，要主张和自然持一样的态度，对人生要绝对地取一种无关心的态度。个人的好恶，务须摒弃，对现成的现象，当以严密的具体的因果律为标准而作科学的观察。这一种纯客观的态度，若达到完全的程度，那么作品的价值，同时也达到最高的程度了。这是自然主义作家的主张。

自然主义的运动起来的时候，正当浪漫主义走到了极端，两脚远离大地之际。在各种知识研究上，已经用惯了这种方法的民众，看到了文学上的这种新的方法的试验，当然是欢迎的。

自然主义的作品，脚踏实地，不枯燥，不假断，研钻事实的真相，无微不至，于是人生的姿态，就一无掩饰地呈露在我们的面前了。到那时候止，或因为个人的夸矜，或因为一种怕惧，或因为一种感情的阻抑，不敢彻底地暴发出来的世相的黑暗面，于是一丝不挂地暴露出来了。像这样的自然主义，比较空中楼阁的衰期浪漫主义，当然有许多好处。并且二十世纪的文明，一半也可以说是过去的自然主义产生出来的。在此处我们不得不谢当初的猛将福楼拜（Flaubert，1821—1880）、莫泊桑（Maupassant，1850—1893）、屠格涅夫（Turgenev，1818—1883）等的功劳。

照这样说来，自然主义是只有好处，没有坏处的吗？也不是的，自然主义有两大坏处。并且这两大坏处，都是自然主义的致命伤，很不容易修正缓和，使它的生命延长下去的。

第一，自然主义所主张的纯客观的态度，是绝对不可能的。我们研究自然科学的时候，例如岩石、天体之类，当然可以持纯客观的态度，去试验观察。但这一个方法，想同样地应用到有灵性、有感情的人心上面去，却怎么也办不到。所以自然主义者以为系由纯客观的态度而得来的经验，结果仍旧是有种种主观色彩混杂在里头。那时候你若和他说："你的观察错了，你的结论谬误了。"他因为自以为是、脚踏实地的观察，必不肯改过来。所以自然主义每有陷入顽固硬化之弊。

第二，自然主义把人生断作宿命的，把人生断定为一种自然现象，完全和其他的现象一样，须受自然律的支配这一个断案，是错了的。人类内部有一种强有力的要求在那里，因这要求的结果，人类可以打破环境，创造自我。这实在是人类进化的原动力，而自然主义者把这一种内部的冲动，轻轻看过了。人类还有一种特别的机能，为其他的生物所没有的，就是自觉作用，因这一种作用的结果，人类知道自己的存在须与环境的条件相符合之外，更须服从自己内部的要求。人类因为有这一种内发的自觉意识，所以能够和其他的生物区别，所以能够一天一天地向着高处发展。而自然主义者把这两层事实完全忘了，以为人类内部的冲动和自觉，在环境的势力之下，完全是没有意义的。所以自然主义者的宿命的人生观，是出发点错了的人生观，这一种断案，是完全错的。

这一种表现的倾向，若在活力消失了的社会里传播，那么，人人都不免受它的影响，要变成一种无可奈何的宿命论者。幸而欧洲的天地，还有一角清新的未耕地在，充满着活力，正想创造一种新的文化出来。这未耕地是北欧一带，包含丹麦、斯堪的纳维亚等地方。在这未耕地上，有一群生活力旺盛的青年，以他们的活力作武器，对环境的威力，揭起反抗的旗帜来了。世人称之为新浪漫派。

新浪漫派极力地主张个性的尊严、环境的破坏。这一种倾向，颇与自然主义未兴以前发达过的浪漫运动相一致。在哲学方面，这一派的健将有施蒂纳（Max Stirner，1806—1856）、尼采（Friedrich Nietzsche，1844—1900）、克尔凯郭尔（Kierkegaard，1813—1855）等，文学方面有斯特林堡（Strindberg，1849—1912）、托尔斯泰（Tolstoy，1828—1910）、罗曼·罗兰（Romain Rolland，1866—1944）、惠特曼（Whitman，1819—1892）、卡彭特（Carpenter，1844—1929）等，这些人虽系受过自然主义的熏陶者，然而高唱个性的力量，实行个性的主张，可以说都是被新浪漫主义所催生的人物。

当然这些人的倾向，不完全是和前期的浪漫主义者一样的，他们对现实的生活，目前的事实，怎么也不能一概抹杀。不过他们在这一个环境之中，毅然决然，用了他们个性的力量，在那里战斗。脚踏了大地，他们想征服大地。这一种表现的倾向，给人生的好处，至少有两三点可以说出来。第一，人生内在的当为的能力，因而觉醒了。被宿命观压倒了的人类的自由意志，因而解放了。第二，因为主张自己的尊严和自由的结果，对于他人的个性的自由和尊严，也容忍起来了。第三，对于人类生活的见解，因而非常流动了。有这几种的影响反动在那里起作用，所以现代人的生活，都在向着新的方面开展。新世界的创造，究竟要在什么时候能够实现，虽还是一个未知数，然而至少我们的脑里，现在都有一个极朦胧的目标在那里了。想把这目标确立，而使我们全部的努力，都向着这目标行动，是一种最新的理想。我们若先把这一层意思弄明了之后，然后要了解理想主义的表现，是很容易的。

理想主义是最近受了新浪漫运动的感化后兴起来的各种主

义的总称。大抵是由人类自家的思想里，造出一个人为的目的概念出来，使人类的生活，全部得遵奉着这一个目的而进行，这就是理想主义的倾向。

理想主义的两个前提，第一就是人类是有向下的倾向的，若任其自然，放置不顾，则人类必至渐渐退缩，终于灭亡。第二就是人类虽没有独自完成的力量，然而借了他力以向上进步的欲求，是谁都有的。人类可以由人类以外或以上的力量来帮助，而达到一个理想的境界。在自然主义的主张里，也说人类以外，还有一个环境的力量存在那里，一见好像是和理想主义的外力的意思差不多。不过自然主义所说的外力，系对人类没有什么帮助，而理想主义所说的外力，却是助人达到真善美的境地去的。柏拉图所说的 Idea，神秘主义者所说的神秘本体，有神论者所说的神，都像我们所不能把握的一种超越的外力，暗里在左右我们的生活，引领我们的道路的。人类若信赖这一种力量，以之策励自家，跟它一步一步地前进，那么终能达到一个较好的境地，这就是理想主义的态度。

什么人都想进到一个较高较好的境地去的，对于现在，什么人都觉得不满足的。所以人类中间，没有一个是无理想的人。所以无论什么时代的文学，都可以说是广义的理想主义的文学。不过此处所说的理想主义的表现，于这一般的倾向之外，还有几种特异的倾向。第一就是对于现在生活的很坚决的否定，第二就是对理想实现的排他的热意。

对于现在的生活的否定和将来的理想的确立，在讲浪漫主义的时候，曾经讲过，从这一方面看来，这两种主义，确有相同的倾向。但在浪漫主义里，对理想的实现，无强硬的意志力去实行，而在理想主义里，却全部的精神都灌注在理想实现的工作上。是以努力奋斗，处处都表现出活力来了。这一种倾向的文学，在现代欧洲的文坛上，已经产生了不少。如高唱天主教信仰的作品、社会主义的作品，以及法国罗曼·罗兰等鼓吹奋斗的作品，都可以说是理想主义的文学。

理想主义，当然也有好处坏处的两面。它的好处，就是因为它的内在的热意发出来的时候，能破坏，也能建设。不许我们的生活有一毫苟且因循，处处鞭挞我们，使走上理想境去。理想主义者当鼓励我们的时候，常在说："现在的安逸之度，比较将来的理想成就的时候的安乐，终是云霄一羽毛。"意思是想使我们知道断无恋恋于现实的必要。并且将来的理想，不管它是梦幻还是空想，为成就此理想的原因，现在的一切，都可以牺牲。这一种力量，这一种热感，便是理想主义的好处。

同时，理想主义的坏处，也就在这里。第一，因为它对现实否定的态度太坚决，所以这里头不免带些厌人厌世的色彩。第二，因为理想的概念太固定了，使我们人类生活的范围容易缩小。

最后这一种表现，是从怎样的一种心的状态里长成的呢？细分起来，大约有两种。第一，当人心稍觉衰落，感着一种倦怠的时候，这时候会发生很和浪漫主义近似的理想主义。第二，当一时代的生活全体极端地压迫个性的时候，这时候个性因为不能与现实妥协，所以非要把现状打破，全力倾注在未来的理想上不可。现代欧洲的凡带有社会主义色彩的文学，都系从这一个状态里发生出来的。

文学在表现上的倾向，大致已如上述。不过我们要注意的，就是不可以主义来评文学的高低。一种倾向的发生，自有它发生的理由，我们不必违反本心，去趋就主义，也不必故作奇言以自表矫强。德国歌德说的几句话，才是真正的艺术家所应当三复的良言：

Und dein Streben Sei die Liebe,

Und dein Leben Sei die Tat.

Duim Leben Nichts Verschieble：

Sei dein Leben Tat um Tat！

第六章 文学的表现体裁之分类

文学不外乎表现，在前头已经说过。然当表现的时候，或因材料的不同，或因表现者的内部要求的互异，以及嗜好气禀的差别，自然而然地在具体的形式上也有各种不同的种类。莫耳顿（Moulton）教授在他所著的《文学之近代研究》（*Modern Study of Literature*）里说："文学的形式的研究，对于欲了解各种文学的实质和精神的人，是很要紧的。"我们在这一章里，想把文学的各种不同的体裁很简单地说一说。

大抵生物的发声，总不外乎为自己保存、种族保存或种族繁殖的缘故。为分配生存的必要物件，而放声唤友；为防止敌人的侵袭，而张喉求救；为满足生殖欲，而嘤嘤求偶，就是发声的起源。不过人类进化之后，发声的时候，却不是这样简单了。这时候的人类，不单是为实用而发声，有时候简直有毫无实用的意识而发声的。譬如感着痛苦的时候的叫唤，感着快乐的时候的歌唱，背后完全没有一点实用的意思在那里。又如看见美的事物、美的风景的时候，不知不觉放出来的惊叹的欢声，也是如此。这些无实用的发声，都是表现人类内部热烈的要求的，实际上就是艺术的表现。不过人类的生活，更进一层，变得更复杂的时候，大家就想出一种可以充实用的发声的手段来了，这就是我们所使用的言语。所以人类生活愈复杂，言语亦愈复杂，去艺术的表现的发声亦愈远。

像这样芜杂的表现，要使它回向纯一的原形，是艺术家的志望，所以从这一方面讲起来，文学上的体裁，以诗的形式为最纯粹。大约人类生活还没有变成现在那么复杂之先，文学上的具体的表现，用的多是诗歌的形式。无论哪一国，无论哪一个民族的文学的原始，都起自诗歌。或者中间加以一点舞蹈，也不过是诗歌的旋律的延长，所谓"咏歌之不足，不觉手之舞之，足之蹈之也"。但是生活的复杂化，影响到了文学，觉得光是诗歌的形式，有点不足，于是小说戏剧及其他的杂文学就发生了。

对于文学的分类，西洋各国的文学家意见分歧，中国古代论文章的流别，更是青黄杂出。现在想参取莫耳顿教授的意见，先把纯文学视作创造文学，使和记述文学相对立。

文学 { 创造文学……纯文学（诗）
记述文学……科学

文学的表现，离不了言语——言语的符号是文字——而言语的构成，在前面已经说过，实含有两重要素。第一，言语为发声的表现，所以有音调；第二，言语又为实用的手段，所以有意义。在文学里头，这两重要素，当然也是有的，尤其是在抒发感情的时候，要借音调来摇动我们的内部，使作者听者都感着一种激发不能自抑之情。所以纯文学因为这两种成分配合的不同，又可分出几种形式来。

纯文学 { 重在言语的音调者……抒情诗 { 诗（Ode、Sonnet）/ 民谣 }
         重在言语的意义者……叙事诗 { 小说 / 短篇小说（Romance）}

在纯文学里，有于综合上述两种要素外，更加以动作的分子，而达其表现的目的者，是戏剧。至于近代剧，则可以说是越过纯文学的范围以外，而参入科学的领域去了。

纯文学是创造的文学，系创造从来所没有的东西的。所以纯文学的每一作品，都可以增加文学之量，反之，记述文学，系就从来所有的东西记述评论，而使我们能得到精确的知识的，例如历史、哲学批评之类皆是。所以依照德·昆西的主张来说，则前者系力的文学，后者显然为知的文学。不过文学上的分类，并非绝对的，有时候有种种作品，简直不能分入任何的种类。上述分类，亦不过为便利起见，勉强设分的大别而已。至于各种文学的物质成分等等，在各种诗论、小说论及戏剧论里，另外有人介绍，断非这一本小册子所包括得了，不再讲了。

参考书目：

M. Arnold: *Essays in Criticism*，I，II series.

M. Arnold: *Essays in Literature.*

W. Bagehot: *Literary Studies*，2 vols.

E. Bjoerkman: *Is There Anything New under the Sun*?

E.Dowden: *Studies in Literature*，1789—1877.

H.Ellis: *New Spirit.*

W.H.Hudson: *Introduction to the Study of Literature.*

J. Morley: *Studies in Literature.*

R.G. Moulton: *Modern Study of Literature.*

Sir A.Quiller-Couch: *Studies in Literature.*

Saintsbury: *History of Criticism and Literary Taste in Europe from the Earliest Time to the Present Day*，3 vols.

G.Santayana: *Interpretation of Poetry and Religion.*

W. Hazlitt: *Spirit of the Age and Lectures on English Poets.*

L. Hearn: *Appreciation of Poetry.*

W.R.Worsfold: *The Principles of Criticism.*

有岛武郎：《生活与文学》。

横山有策：《文学概论》。

1927 年 8 月上海商务印书馆初版

学文学的人

　　孔二先生说："吾非生而知之者，学而知之也。"这大约是他的警戒后生，又兼以一点自己谦虚之辞。当然是的，生而知之的人，是自有人类以来，不曾有过的。但是要应用这一句话的反面真理来证明"人苦不学耳，若有志于学，则精神一到，何事不可成"，那有时候，也恐怕要出乱子。譬如文学，就是不能常常以这反面真理来作证的一种。漫然地说到文学，范围原也是很广。若只以粗通的文字和关于文学一般的常识，来作文学两字的内容，那当然是无论何人，都可以学而知之的。至于说到文学内里含最重要的一门的创作，那就不能一定说是只须学，便能够的了，因为无论如何，柏油马路上，却总是栽不起稻麦来的。所以对于学文学的人，我觉得第一件事情应该顾虑到的，就是本于天性的一种基础。

　　文学家所走之路，并不是一条铺满蔷薇之路，也不是有了金钱便可以买通的路，若天性不近于文学的人，则学了一辈子，也不能得到相当的成绩的。从这一点天性之所近否上说来，当然在文学以外的其他各学科上，原也是和文学一样的东西，不过在学文学的时候，这一点尤其觉得重要，因为文学是精神科学里的最微妙的一种学科。所以打算学文学的人，第一先要问一问自家，问自己的天禀气质，究竟是不是适合于文学的，这是第一个条件。第二，牺牲的精神，是学文学的人所必须有的，因为在各种科学里面，最不容易学而物质的报酬最少的，便是文学。五千年来的中国人的习惯，都以趋易避难、昧心取巧为能事。到了现在，这一种风气尤其是厉害了，所以现在想学文学的人，大抵是抱有这一种思想的——学文学最容易出名，一出名便可以做官，做了官就可以发财——抱了这一个连环三段论去学文学，那就糟了，结果恐怕要弄得不成一个人，更哪里会成一个文学者哩？诚然不错，中国人的出路，只有做官的一条，做了官便什么都有了，可是学文学的人，一有了这一种思想，那他的文学就要走上邪道上去的，真正的文学是绝不会由他的手里创造出来。

做官发财，原也很好，但学文学的人，预先抱定了这一个宗旨去学，则他的学业总不免为外界的权势阶级所左右，中国的一部文学史之所以成为奴隶史者，原因就在这里，中国文学家之所以都成为适应时代的苍髯四足者，原因也就在这里，中国的社会、政治，以及其他的一切，所以弄得每况愈下不可收拾者，原因也完全在这里。贫贱虽然不就是好文学，贫贱的人虽然不就是大文学家，但是不患贫，不媚世，不盗名，不望报，不亟亟于成功，不反复无常、阴险恶毒地去求合于时流，才是学文学的人所应有的抱负，所应持的态度，我所说的牺牲的精神，就是指这一点而言。

具有了这两重基础，然后我们才可以去试学学文学。不过学的时候，也应该专于一方，切不可起大而无当的野心。日本从前有一位文学家夏目金之助，他的作品，是明治一代的文学作品里最灿烂有味的东西。他的学问也非常之好，读书也读得非常之多，因此日本文部省就送给他一个文学博士的头衔，不过他不愿意受，所以将文部省的公文退了回去，文部省因为从来没有遇见过这一种事情，没有办法，只好央人去向他说情，请他权把公文受下，但他却又把公文退了转去，一直到他死的时候为止，这一角公文退来退去的还不知是在哪一个地方，像这样饱学的这位夏目金之助——漱石——先生，在他的东京帝大的文学讲义录《文学论》序文上还在劝青年学生说：

年富力强的时候，每有于自己的专门学业上成些贡献之前，以为必须博通全般，必须把古今上下数千年的书籍读破它们的想头。若须如此，那就到了白头，也永不会有博通全般的时期的。像我这样的人，对于英文学全体，真还不能说是通。大约就是今后再过二三十年总也是依然一样地不能通的。

这实在是有经验的人所说的话，也就是孔二先生所说的五十学易可以无大过的意思，这是对我们想学文学的人的一个绝好的教训。因为野心太大了的时候，失望的事情也一定愈加来得多，结果反要变得自暴自弃，一事也做不成功，所以我们初学的人，最怕的是在唱不能实践的高调。

因为自己年纪大了一点了，对于自己的不满不快愈来愈多了，所以我对于一般比我年轻的学文学的人，只想提出下面的几件条件，来做我的最低的要求：

第一，中国文字总要弄它到清通的一个地步。

第二，要养成能够读得懂汉魏以后的文言文及韵文的一点学力。

第三，能通一点外国文，果然更好，可以去直接看外国书，不通外国文，也须看看三四十年来的已有定评的翻译书籍，虽然有许多新出的翻译书是不十分可靠的。

第四，读书读得多，果然是愈多愈好，但须有系统，不可乱读，这便是节省时间精力的一法。

第五，读书的时候，总要自己存一个主见，切不可盲从瞎佩，受那些半可通的批评家之愚。

上举五条，是我的卑卑之论，是对于想学文学的人所提出的起码条件。至于具体的方法，以及哪一门应读哪些书之类，则断不是一篇两篇的短文字所能说得明白，而现在的我，也没有弄这些文字的余裕，当等另外有机会的时候再谈。末了，我还有几句话想对从事创作的人说一说。文学理论，原可以帮助启发一般不深入的人的，当然是很重要，但是有实力的作品，却比理论还要雄辩，还更能够帮助启发我们这些初学的人，这一点请大家不要忘记。

一九三〇年十二月写

（原载 1931 年 1 月 1 日《读书月刊》第 1 卷

第 3、4 期合刊）

怎样研究文学

像这样的问题，譬如"我所爱读的书！""我的写作的经历！"或"怎样来研究什么？"，诸如此类，一年不知要接到几多次，但我的回答，差不多总是一样的，所以近年来抱定宗旨，不想再写这些答案文章了。可是这一回又接到了《学校生活》编者的信，并且还三番两次地来催，情面难却，只好再来一次老调。

第一，研究文学，有为学究的研究法，为批评家的研究法，或充为欣赏的研究法，以及预备成一作家的研究法的种种。我不知道《学校生活》的编者，所注重的是哪一种，故而只能依上列的次序，来胡说一阵。

我们中国向来就有一种学问叫作汉学。汉学家的态度，是从根底做起，咬文嚼字，一笔一画，都要穷源溯本，不惜费去几十年的学力，来考据一字半句的。这一种学问，因为经书经秦火之余，在汉朝做整理工作的人，非要如此做，不能辨书之真伪，故而特盛一时；嗣后沿这一系下来，直到清朝，直到现在，也有人仍旧在那里照这样地做。研究文学，至少至少，要想研究中国国粹的古文学，则这一种研究法也未始不可以用。不过费力多而得效少，像这一种研究法，当以有闲或有钱的人来试用时，比较适当。我的所谓学究的文学研究法，大概是指这一种态度而言。譬如一篇文字吧，我们先得考据这是谁作的，然后再去考求作者的生平和历史的关系、社会时代的关系等等。这些考据明白之后，再来一字一句地研究文字的内容。举一个例，就如唐绛州刺史樊宗师所作的绛守《居园池记》，是以难解难读著名的。直到现在，千余年来，注者不知有多少人，可是这一篇文字的句读、解释，还是不十分确定。要研究这一类的文字，当然是非用学究的研究法不可了。

批评家的研究法，当然是和学究的研究法，有一味相通的地方存在的。不过批评家着目在大处远处，有些细节，尽可以不必和学究取同一的态度。批评整篇文字的好坏，阐发一般人所看不出的优点或缺点，因而使作者与读者两受其益的，是批评家的文学研究法。在青黄不接、混乱或空位时期的文学界，这一种工作也很重要。

光为欣赏的文学研究法，比前一种批评家的态度，又可以猫虎一点了，因为这是纯主观的文学法，目的是在丰富我们的精神，调剂我们的生活，因而直接间接可以助长文化的普及与社会的进步的。古人读书不求甚解，但求适我之意，一层更进，也不妨与人共同欣赏奇文，就是这一种态度。大抵天下太平、文化进步、国民生活充裕的时候，这一种文学研究法，比较流行；及之社会颠倒、是非不明、叫人简直啼笑皆非的时候，个人取这一种研究的态度，用以逃避现实的事情也很普通。

最后要说到预备成一作家的研究法了，若我的猜测是不错的话，则《学校生活》编者所注重的力点，许在这里也说不定。但是我自己很觉得惭愧，因为弄到如今，总算弄了十几年的文学，可是究竟为了什么，做了些什么，应该怎么把做一个作家的基础建筑起来等问题，我到现在，也还莫名其妙。积了十几年的经验，时时刻刻，最切身地感到的事情，却只是：（一）文学是无用的；（二）若有别的出路可走，我总劝青年不要走上这一条绝路上来，因为做车夫，做苦力，也还要比做作家来得容易，来得舒服，来得实用。况且作家又是三分之一天生，三分之一学得，三分之一由时代以及社会环境造成的；若缺少了任何的一层，就譬如宗教家所说的少了一个魂或一个魄，作家便不成立了。

现在只能假定有一个人，已经具有了天生的灵性与社会时代等身外的条件，若要成一个作家，应当如何去做来说说。若是这样的话，那我们先得认清：第一，我们是现代的中国人。既做了现代的中国人，而不懂中国现代的文字和语言，那你就不配做人，更何况乎作家！或者大家要问，哪有中国人会不懂中国的文字语言的道理？这话可很难说。有许多劳苦阶级的同胞，幼年失学，长而失业，为饥寒所逼，因而致死，或者虽则活着也同死了一样的人，我们暂且不去说他。先说有些知识阶级吧，他们的脑里，只充满了些"子曰""且夫"，说起话来，简直像尧舜时代的灵龟；写起文字来，更是古篆奇字，画得成满纸的龙蛇，不但旁人看了不解，就是过几天后，他自己看了也会不懂。试问这一种灵龟的语言，这一种龟背的文字，是不是现代的我们中国人的？还有一种镀金的洋货，上东西洋去洗了一个澡，或只上租界上去住了一年半载回来，就满腹的经纶，满口的改造、建设、文化等等，大而无当地抄窃口号，天气一冷，连出卖重伤风的一张红字条都写不端正的诸公，试问是不是懂得现代中国人的文字和语言的？

所以我说，生而为现代的中国人，又要想做一个现代的，并不是唐宋八大家之一的作家，起码要弄清现代中国的语言文字以后，然后可以做第二步的工作。认识几个文字，还很容易，要会通各阶级的语言，以及这些语言的意识、背景、现状与演进可真非同小可。佛家有"我不入地狱谁入地狱"的一句沉痛语，现代的作家很可以拿来取法。必须身入社会，苦苦地积些经历，然后以挚烈的热情、正确的见解、诚实的态度、清顺的文字表现出来，文学才得成功。

古人的劝人读书，是只说博学之，审问之，慎思之，明辨之，笃行之的，这虽是道学家朱子的教条，但若将审问、明辨、笃行的三层，合成一段社会实际经历的功夫，那作家的修养，也就差不多了。我从前只劝人多读多写多思想——记得曾抄袭过曾文正公的话——的，现在却要劝人去读活的人生社会的教科书了，死书虽也不可不读，可是也不可多读。大约近来年纪大了一点，这或许是我个人的进步，也未可知。

一九三五年五月

（原载 1935 年 6 月 10 日《学校生活》第 107、108 期合刊）

文学上的智的价值

　　人是理性的动物，所以一受外界刺激，除只有反射作用发生的诸刺激外，总须起内心的作用。就是日常所见的广告，我们看了，内心也必有一种反应起来，不过这些反应，在文学上是不能以智的价值来解释而已。我们所说的智的价值，是当读过一册书或一首诗以后，心里所感到的一种目的意识，能使我们的精神生活更丰富和扩大起来的那一种文学上的效用。见广告而想买东西，或能使我们的物质生活得到满足与安慰，但与我们的智的生活却无关系。

　　另外的各种艺术，像音乐、绘画、雕刻、跳舞之类，是不重在智的价值的，它们全是由感官接受的美的表现，是通过耳目而把美唤起在我们的心里的，故不重在智的感染，例如音乐就是一个好例。

　　文学的智的价值，不在解决一个难问题（如国家财政预算书之类），也不在表现一种深奥的真理（如哲学论文之类）。

智的价值的可以测定，就因为它有种种阶段的不同。譬如词曲、喜剧、纯抒情诗等文艺作品中所含智的分子比较少，但它们的价值，自然是可以以其他的两种价值的增重来补足。故而测定文学作品的价值，光以一种标准来立论，是危险得很的尝试。因为文学是复合浑成的东西，必须将情的价值、道德的价值等联系起来，才能判断，不能执一端而弃其他。我们在这里把批评文艺的价值，分成三部分来看，不过是一种为便利起见的企图。

当然有些文学如散文、史传、论文之类，是偏重在智的方面的。但就是在这些作品中，能于智的价值之外，更加有丰富的情的价值，则该作品的成功和评价，一定也愈来得高。在所谓创造的文学里——如诗、小说、戏剧等——原是以情感的价值为中心的，但在作者之中，也未始没有把智的作用视为重要成分的，如 Pope、Browning、Butler、B.Shaw、Edwin Arlington Robinson 等 [1]，以及宋代的道学诗人辈的作品，就是一个好例。不过在创造文学里头，智的成分过重，也并不一定是好文学的证明。如新近去世的英国文坛的耆宿 George Moore [2]，就以绝对客观，不容一毫作者的偏见理想在创作中，

---

① 蒲柏，英国启蒙运动时期古典主义诗人；勃朗宁，英国诗人；勃特勒，英国作家；萧伯纳，爱尔兰作家；E.A.罗宾逊，美国诗人。

② 乔治·摩尔（1852—1933），爱尔兰作家。

为文学的极致。此外更有一派新兴的所谓 Imagists[①] 的主张，以受印象而后有感于心的心象为诗的唯一内容之类，都是将智的成分看得很轻的；因之他们所唯一重视的，自然是情感的价值了。

智的价值，虽不是创作文学的唯一生命，但反过来说，千古不灭的大文学，必都是有智的价值的一语，却是铁案。譬如诗三百篇、楚辞、唐诗、宋词、元曲等，内容虽只咏述了些感情，但我们读了之后，自然而然地会感到我们的精神生活加富了，就从这一点而论，它们的智的价值也必然地很高。

在批评文艺作品的时候，少有人固执着逻辑的法则的。可是不合逻辑的文学，终于不是伟大的文学。尤其是小说与戏剧的两种，是非要合乎理性不可的。思路不清、前后不一贯等弊病，当然不是大文学所应有的东西。还有在有些抒情诗里偶尔一看，觉得仿佛是不合情理的狂人呓语，但你仔细去一想，或以自己的体验来一度诗人之心，则在外貌是似乎矛盾、无据、不通的文学里，也会感得无上的真理。如 John Keats 在 *Ode to a Nightingale* 里说：A thing of beauty is a joy forever! [②] 这诗人的空想，初看似乎不通，陈腐，

---

① 英文，意即"意象派诗人"。

② 此句系济慈的长诗《恩弟米安》（*Endymion*）的首句，并非出自《夜莺颂》（*Ode to a Nightingale*）。意为：美的事物是一种永恒的愉悦。

没有什么意义，但于再三玩味之后，我们才会晓得"秀色可餐"这句话，也绝不是空言。

说到上面提起的陈腐两字，是很不容易解释的名词。文学原尚独创，可是"天日之下，无物是新"的这句英国俗语，的确也是至理名言。所以在文学上的所谓独创性，不过是当那一瞬时的一种感觉，以那一个特殊的形式来表现，而使成为这作家自己特有的一种思想或作品而已。

文学上的"智的价值"的解释，最浅近的一句话，是对读者的知识（information）的给予。不过光是知识的供给者，并不是都是文学，例如代数几何教科书、上海指南、公债市面报告书等，知识虽能给予我们的，但这些谁也知道并不是文学。所以文学上的智的价值，非要和情感的价值、道德的价值等总和起来，才能判断的。所以文学上的智的价值之所归，无非在乎它的能丰润我们的智的生活，能帮助与促进我们对于生的了解与享乐，能增加我们的经验而澄清我们的思路各点上，当然不仅仅在乎使我们增加知识的这一件呆事上。

其次要说的，是文学上所谓的知识，和科学上所说的知识的不同的一点。就是文学的真实性，在科学上未必一定是通用的。因为文学是作者将真理真实拿来，加以一件情感的外衣，而翻译过一道的制作品，并不是事实本身。在这一点上，各文学家对于写实主义的界说，很有争论。不过纯科学的自然主义作家们的那一种议论，当然是有语病，但在实际，则文学含真实性愈多，内容也愈充实而健全的一句话，却是千真万确的。须知真实性有相似性和适合性的两种，于证明事实时，当然是着重前者，于贯彻全体时，当然非适用后者不可（Correspondence notion and coherence notion）。

文艺上的智的价值，须与情感的价值联合在一起的事情，前面已经再三说过了。还有这些文艺上的知识与真实，假使能够影响及于我们的思想行动，使我们实际得着益处，则这些文艺的价值当然要算是顶高。这一点当于论道德的价值的短文中再来说及。

末了，要说幽默的价值了。有些人说幽默是属于智的，有些人说是属于情的。这争论在各大家的论文里，各说得很起劲，但平心而论，则幽默之种类，当然是以先诉于智，而后动及于情者，方为上乘，若只限于文字之游戏，以及错误场面的牵就造成，则在文学上的价值并不能算得很高。

一九三三年五月中公讲演

（原载 1933 年 6 月《现代学生》第 2 卷第 9 期）

介绍一个文学的公式

世界上的文学，总逃不了底下的一个公式：F+f。

F 是焦点的印象，就是认识的要素。f 是情绪的要素。

我们人类，在生活的过程中所得的观念，大约不外乎下面的三种：

1. 只有 F 的。譬如一个人在银行里办事，天天捏弄许多的洋钱纸币，在平时我们手里有了钱是很快活的，可以引起感情作用。而这办事员却不仅不能感到愉快，并且觉得这种生活，是非常机械的。所以像这一类的事情，只可承认它是有焦点的印象——中心观念——而不随伴着情感作用的。我们日常看见的文字，如数学上的定则、科学书上的定义，就是属于此类，系只有 F 的东西。

2. 只有 f 的。譬如一班情绪丰富的人，看了静夜的月光，听了清晨的笳吹，就不知不觉地要流下眼泪来。你若问他"为了什么"，他又莫名其妙，不能具体地答复你。这一种就是只有 f 的事情，是我们平时常常经验到的。文学里头，像这一类的东西，却是很多，例如英国诗人雪莱（Shelley）的一首诗：

Out of the day and night

A joy has taken flight；

Fresh Spring，and Summer，and winter hoar

Move my faint heart with grief，but with delight

No more—Oh，never more！

日夜流传，

生趣索然，

明媚的夏和春和灰颓的冬日，

只增加我脆弱的心灵以忧悒，

愉快再来，永远望绝！

我们读了这首诗，只觉得诗人是无端地在那里愁闷，他的诗里头，只说到如何忧悒，却并没说到忧悒的原因。所以这种文学是只有情绪的要素而没有焦点的印象的。在我们中国的文学里，像这类的诗词正是举不胜举。譬如李清照的那首《声声慢》的秋情词：

寻寻觅觅，冷冷清清，凄凄惨惨戚戚。乍暖还寒时候，最难将息。三杯两盏淡酒，怎敌他、晚来风急？雁过也，正伤心，却是旧时相识。满地黄花堆积。憔悴损，如今有谁堪摘？守着窗儿，独自怎生得黑？梧桐更兼细雨，到黄昏，点点滴滴。这次第，怎一个、愁字了得！

就是一个好例。词中处处说愁道恨，但她究竟为什么要这样的伤心，这样的多恨呢？里面却没有一个可靠的原因，举在那里。像这一种文学，系完全以情绪为主的，并没有中心的观念，所以一般人都说这一种文学，是言之无物，是无病呻吟。殊不知这种文学，却确有永久的价值的。我们在上面所举的两首诗词，大约无论如何主张哲理诗、写实诗的人，总应该承认它们的永久性吧！不过我们欣赏这一类只有 f 的文学，应该先具备下列的几个条件方才能够达到目的：

第一，要读者的环境与作者的环境相同。假如作者是一个身世飘零、恋爱失败的人，他做出来的作品，若是只有情绪，缺少焦点的印象的时候，要是读者与他处在同一状态之下，那么读者读了他的作品，就仿佛是和读了自己的作品一样，作者的悲哀，能变成实感，感染到读者的身上去。

第二，须知道作者当时的环境。假如我们读了李清照的那首《声声慢》，而不知道她填那词的时候的景状如何，环境如何，那么我们的欣赏，不会达到十全的目的。那时她和赵明诚结婚未久，明诚却和她分别，上别的地方去了。她一个人在家里，遇着了秋日的黄昏，梧桐上细雨滴沥，她不由得想到她的爱人身上去。于是新愁旧恨，就一齐地涌上心来了。假使我们知道了她作这一首词的动机，再来读她的词，岂不更觉得柔情婉转，伤心刻骨吗？所以我们当欣赏一位作家的作品的时候，一定要知道他的生涯环境者，也是这个原因。

第三，就是欣赏这种只有 f 的文学的时候，要另外由我们自家制造一个 F 出来，以补不足。譬如我们读了上面雪莱的诗，若不晓得雪莱是什么人，更不晓得他为什么要作这首诗的时候，顶好由我们自家制造一种具体的实景出来，作为中心观念，然后再来细细玩味诗人的作品，就觉得格外的有趣，格外的真切了。

3. 具有 F 和 f 的，就是合乎 F+f 的公式的。这一种文学系有了认识的要素，又有情绪的要素的。譬如我们上了六天课，到礼拜日去逛逛公园。这件事情，就是合乎文学公式的事情。因为去逛公园，是和我们的身体有益的，这就是中心观念，而同时我们看见些花草虫鱼和青年男女的游园者，心里就会快活起来，这就是情绪的作用了。普通的文学，都是合乎这一个公式的东西。所以我们在头上说，世界上的文学逃不了 F+f 的公式。要是文学里头，若只有 f，也未始不可以成立，不过未免太觉空泛，容易使读者感不出实感来。若是只有 F 而没有 f，那就不能叫它作文学，只可算得是科学了。例如"三角形内角之和，等于二直角"之类就是。

其次要讲到焦点的印象，又不得不讲到心理学上的意识上去。一个人的意识，是有波有浪，千变万化的。譬如我们走到绸缎店里去，走到门口的时候，首先注意的是这绸庄的招牌，这就是一个意识的波动，也可以说就是一个焦点的印象。等到进了门，那种注意招牌的意识消灭了，于是把这种注意又移到布匹的选择上去。人的意识，大抵是这样继续不断地一波未平一波又起的。以图来表出来就是：

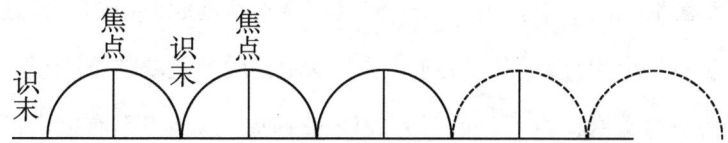

这一个样子。因为我们的意识，老是这样波浪重叠，千变万化，所以我们若只捉到一个焦点，去尽力描写想使它成一篇有价值的作品，实在是一件难能的事情。不过我们可以把许多焦点集合起来，另外组成一个新的焦点。这个新的焦点，就是我们所要认识的目标，也就是我在上面公式里头所说的 F。若举一两个例来说明，就更可以明白了。譬如一个人在十

岁以前的时候，喜欢的是玩具之类，这就是我们幼年时代的焦点印象。等到了二十岁以下，就是讲恋爱的时候了，这时代的焦点印象，就是男女两性的恋慕，若一到三十以后，人就不得不趋向到名利的路上去了，所以中年以后的焦点印象，就是名利。假如我们把这三个焦点捉住，尽量地发挥描写出来，那就可以说是捉到了人的一生的焦点了。再如民国元年以前的一般人民的心理，都怀着一种种族革命的思想，现在一般青年人的心理，却倾向到社会革命上去了。假使把这两点捉住，就可以说是已经把这十几年来的时代精神捉住了。

照上面的话看起来，文学是无论如何，总要合乎 F+f 的公式的了。但是现在有一班人不主张文学里头一定要有焦点的印象。他们的理由，是说人生意识，是不断地起波浪的，要是只描写一个焦点，那么写到了顶点以后，后半就要往下降了，那么一篇文章，岂不是前后分成两气了吗？这话也很有理由，不过他们并不想到文学并不是描写一个焦点波浪的，好的真的文学，大抵是集合许多的焦点，用自己的理想，去另外组织一个总合焦点，然后将这个新的目标，尽力地描写出来。这样的作品，才可以说是很有力量的作品。所以我们到最后仍然可以说最完美的文学的公式是：

$$F+f$$

参看夏目漱石《文学论》第一章。

一九二四年五月在 W 城讲，湘君记

（原载 1925 年 9 月 10 日《晨报副镌·艺林旬刊》

第 15 号）

日记文学

　　散文作品里头，最便当的一种体裁，是日记体，其次是书简体。

　　我们都知道，文学家的作品，多少总带有自传的色彩的，而这一种自叙传，若以第三人称来写出，则时常有不自觉地误成第一人称的地方，如拜伦的长诗 *Childe Harold*[①] 里的破绽之类。并且缕缕直叙这第三人称的主人公的心理状态的时候，读者若仔细一想，何以这一个人的心理状态，会被作者晓得得这样精细？那么一种幻灭之感，使文学的真实性消失的感觉，就要暴露出来，却是文学上的一个绝大的危险。

　　足以救这一种危险，并且可以使真实性确立，使读者于不知不觉的中间受催眠暗示的，是日记的体裁。

　　我们大家都有过记日记的经验，都晓得在日记里，无论什么话，什么幻想，什么不近人情的事情，全可以自由自在地记

_____

① 　全名为 *Childe Harold's Pilgrimage*（《恰尔德·哈罗尔德游记》），拜伦创作的长篇叙事诗。

叙下来，人家不会说你在说谎，不会说你在作小说，因为日记的目的，本来是在给你自己一个人看，为减轻你自己一个人的苦闷，或预防你一个人的私事遗忘而写的。

日记有此种种便利的特点，所以小说家在初期习作的时候，用日记体裁来写的时候，其成功的可能性，比用旁的体裁来写更多一点。而我们读者，因为第一我们所要求的，是关于旁人的私事的探知 [这一种好奇（Curiosity）是读小说心理的一个最大动机]，所以对于读他人的日记，比较读直叙式的记事文，兴味更觉浓厚。

由我个人的嗜好来讲，我在暇时翻阅旁人的著作的时候，最喜欢读的，是他的日记，其次是他的书简，最后才读他的散文或韵文的作品。以己度人，类推起来，我想无论哪一个文艺爱好者大约是人同此心，心同此理的。

几礼拜来，呻吟在病床上，床头没有书读，从朋友那里借了两部日记来，一部是 Henri Frederic Amiel[①] 的日记，一部是中国吴毅人祭酒的《有正味斋日记》。阿米尔的日记，我从前只读过英译的拔萃，以及德文的 Rosa Schapire[②] 译的更短的几段文字，这一回却得了一部全集，糊里糊涂地翻翻字典，竟帮助我消磨了许多无聊赖的黄昏。

---

① 亨利·弗里德里克·阿米尔（1821—1881），瑞士诗人和哲学家。

② 罗莎·夏皮尔。

古今中外的文人，以日记传世的很多，就浅陋的我所读过的几家日记说来，如德国近代剧作家 Hebbel[1]，英国的日记专家 Samuel Pepys[2]，俄国的 Dostoyevsky[3]、Tolstoy[4]，中国的李莼客及许多宋遗民明遗民的随笔日录之类，真是数不胜数。然而三十年如一日，中间日日在自己解剖自己，日日在批评文化，日日在穷究哲理，如阿米尔的日记，实在是少见的，因为这一个原因，我想就我所读过的记忆中所及的，抄一点出来，向大家来推荐推荐，并且同时可以把日记体的文学来说一说。

作者阿米尔，于一八二一年，生在瑞士的 Genf[5]。在外国留了七年学——大部分是在德国的大学里——一八四九年去故乡的大学里当美学的教授，一直到一八八一年他死的时候止。他的一生都平淡无奇，少时境遇也还好，天资极高，同学辈都以为他将来是了不得的，然而出乎他们的意料，他的一生，除出了几本小品感想文及小诗集后，竟一无所成，到他的死时止，他的事业文章，没有一样可以使人纪念他，使他不朽的。然而他的内心的苦闷、自己解剖的精细、批评的眼光的周密，直到他死后的那部日记发表的时候，才有人晓得。

---

[1]　黑贝尔（1813—1863），德国剧作家。

[2]　塞缪尔·佩皮斯（1633—1703），英国日记作家。

[3]　即陀思妥耶夫斯基。

[4]　即托尔斯泰。

[5]　日内瓦，瑞士名城。

他是天生的一个忧郁病者，自己怀疑自己，对世界一切，当然更怀疑了。然而到了穷无所归，他却还保留得一丝信仰，他觉得还有一个唯一的神在，可以使我们安身立命，不过这一种矛盾的心理，就是使他一生苦闷的原因，而同时也是救他的灵魂，使他不至于自杀的一个最大理由。

据 Berthe Vadier[①]——*Henri Frédéric Amiel Etudé Biographique* 的著者——说来，他的抑郁性，和当时的政局有关，因为他是生于有产阶级的贵族家中的，然而心里却在同情于无产阶级，而无产阶级者，又不能信任他，所以他一生不曾与政治发生过关系，虽则处在一八四六年前后的革命世纪里头，但他的孤独、他的无聊，却比任何时代的人还要厉害。这也许是真的，尤其是由我们当这一个举国若狂的时代中，看了两派的投机师的活跃，使我们良心稍为纯正一点的人，一点事情也不能做，一句话也不能说，不得不坐以待亡的状态推想起来，这一种苦闷，这一种 Dilemma[②] 却是千真万真的。

一八五一年三月二十六日

多少伟人杰士，我所认识的，都被死神拉入冥冥中去

---

① 贝尔茨·瓦迪埃，《阿米尔评传》的作者。

② 英文，意即"困境，进退两难的局面"。

了。Steffens, Marheinecke, Neander, Mendelsohn[1]…… 学者、艺术家、诗人、音乐家、史学家，旧的时代，死灭过去，新的时代，将有什么产生？几个老者，Schelling, Alexander von Humboldt, Schlosser[2]，还在把我们联系在过去的有荣光的时代之中，然而形成伟大的将来者，又是何人？年事将终，不可逃避的运命，若要向我们寻问：你所有的伟大在哪里的时候，我们哪能够不战栗惶恐？现在是时候了，是自家振作的时候了，是我们的力量或我们的无聊的暴露的时期了。是你的天才、英气、力量的显现的时期了，你究竟准备好了没有？（大意）

看哟，由苦闷而发的这一种自己鞭挞，是如何的伤心，是如何的可痛！

一八五一年四月六日
……我的心太柔嫩，我的幻想太不安定，我太容易感到失望，我的情感的回响太不容易消灭。我的成就的可能，都被未成就的现实所腐蚀，而一种成就的必然，只增长了我心身的苦痛。所以现实，目前的事实，事实的必

---

① 斯蒂芬斯、马海内克、尼安德尔、门德尔松。
② 谢林、亚历山大·冯·洪堡、施洛瑟。

然，总之不可救药的一切，只是使我忧闷，使我苦痛，我的幻想太发达了，思想太精细了，自觉太英敏了，总之是我的性格不强的缘故，所以弄得现实的生活，实际生活，与我两不相入。

家庭生活，现世的快乐，他并不是不晓得，但是他的高尚的理想，终于不能使他安闲地享受这些庸人俗人及投机师所特有的安宁。人生实在是一个危险的东西，是一种争斗。天堂与地狱只隔了一张纸，恶魔与天神，都存在在一个人的心里的。

一八六〇年五月廿二日

我有一种莫名其妙的骄情，总不愿意把我的感情直现出来。可以使人满足的话，自己总不愿意说。……

这一种骄情，实在是使他陷入孤独，使他在世不能成功的一个大原因。

一八六一年三月十七日

今天午后，对于死的热望，烧满了我的全身，厌恶之情、生的厌倦、不断的苦闷，征服了我的心身……到墓地里去徘徊，或者可以得到一点安慰，然而也不能够……

一个不安被困的灵魂，想得到慰安，想得到神助，是不可能的，因为他不晓得要往哪里去祈求，向哪里去寻觅上帝。教会是不中用的，冷冰冰的牧师的说法是不中用的。他们没有同情心，不了解灵敏的感觉，不晓得深沉的苦痛是什么。

像这一类的日记，在全卷内在在皆是，批评宗教，解剖自己。阐明苦闷的心理的记载，若要摘录出来，总有千万条好摘，我不再写下去了。读者若要认识这一位日记作者的大胆的记录，以及内心苦闷的全史，请先去看 Mrs.Humphrey Ward[1] 的英译本，若要看对于 Amiel 的评论，则 Matthew Arnold[2] 的批评文集里，有一篇关于他的文章，亚诺儿突说他是一个批评家，却是很适当的评断。

就孤陋寡闻的我看来，像阿米尔的这一部日记，大约是可以传到人类绝灭的时候的不朽之作。读他的日记，觉得比读有始有终、变化莫测的小说还要有趣，所以我说，日记文学，是文学里的一个核心，是正统文学以外的一个宝藏。至于考据学者、文化史学者、传记作者的对于日记的应该尊重爱惜，更是当然的事情，此处可以不必再说。

因为日记文学里头，有这样好的东西在那里，所以我们读

---

① 汉弗莱·沃德夫人，英国小说家。马修·阿诺德的侄女。

② 马修·阿诺德（1822—1888），英国诗人、文艺评论家。

者不得不尊重这一个文学的重要分支，又因为创作的时候，若用日记体裁，有前面已经说过的几个特点，所以我们从事创作时候，更可以时常试用这一个体裁。或者有人要说，我们若要作自叙传，那么用第一人称来作小说就行了，何以必要用日记体呢？这话也是不错。可是我们若只用第一人称来写的时候，说"我怎么怎么，我如何如何，我我我我……"地写一大篇，即使写得很好，但读者于读了之际，闭目一想："你的这些事情为什么要这样写出来呢？""你岂不是在作小说吗？"这样一问，恐怕无论如何强有力的作者也要经他问倒（除非先事预防，将要作这一篇自叙小说的动机说明在头上者外）。从此看来，我们可以晓得日记体的作品，比第一人称的小说，在真实性的确立上，更有凭借，更有把握。

上边说过的是日记文学的重要和我们创作的时候用日记体裁的便利。底下本应该说到除真正的日记以外，作者特以日记的体裁而作的小说及各种作品上去了，但是因为手头的参考书没有，所以只好等下次有机会的时候，再来补作一篇。最后我更想加上一句，就是以日记体写下来的文章，除有始有终的记事文之外，更可以作小品文、感想文、批评文之类，它的范围很广很自由的。现在我手头所有的这一部吴稷人的日记里，就有许多很好的小品写生文在里头。就是那部阿米尔的日记里，也有许多很美丽、很细腻的散文诗包含着，并不是拘于一格的。此外更有书简体的小说，最浅近普通的例如《少年维特之烦恼》和《穷人》之类，也是和日记体一样便于创作，富于趣味，但是这一种书简的体裁，我们可以说是日记体的延长，所以关于日记体的作品所说的话，是完全可以应用在书简体的作品上面的。此处不再说了。

一九二七年六月十四日作于病床上

（原载 1927 年 5 月 1 日《洪水》第 3 卷第 32 期）

再谈日记 ①

　　一九二七年的夏天，在杭州养病，曾写过一篇名《日记文学》的杂文。其后鲁迅先生在广州写了一篇对此文而作的随感，说文学作品的写实与读者的幻灭，不限于作品的体裁，即在读日记时若记载虚伪，读者也同样可以感到幻灭，此论极是。七八年来，日记作者渐多，而坊间的单行本、汇选本，也出得有十数种以上，足见中国近来大家都有了记日记的习惯。从事文笔的人，为备遗亡、录时事、志感想起见，日记更记得勤，当然是意想中的事情。将过去所发表过的日记全部收录改订了一遍之后，我更想来谈些关于日记一般的话，用以代作书的序文。唯前作的杂文，曾谈到以日记体作的小说之类，而现在所谈的，却只限于日记。

　　英国欧内斯特·本恩（Ernst Benn）书店发行的小丛书里，有一本亚瑟·庞森比（Arthur Ponsonby）氏著的《英国日记作

---

　　① 本篇是作者为《达夫日记集》而作。

家》（*British Diarisfs*）的小册子。他在序文上说，日记之作，也许是由于自小的习惯，可是作者并无问世之野心，只为了取悦于自己，如女作家范妮·伯尼（Fanny Burney）之所说，只有技痒难熬之隐衷，而并无骄矜虚饰，坦白地写下来的关于自己、关于当时社会的日记，才是日记的正宗。好的日记作家，要养成一种消除自我意识的习惯，只为解除自己心中的重负而写下，万不可存一缕除自己外更有一个读者存在的心。从前有许多人的日记，往往死后遗言，命子孙辈为他销毁，这些才是可贵的真日记的作者。所以日记总是无始无终，没有一定的结构，没有谨严的文体，也没有叙述的脉络的。

好的日记作者，不一定是文人或名人，也有一生并不知名的人，能写下很好的日记来的。一个人的事功、职业、性别、年龄以及道德学识之类，也不一定会影响到他的日记的好坏；大人物、大作家写的日记，有时候也可以比无名作者或盗贼小贩写的更干燥而无味。

西洋日记的开始发达，是在文艺复兴的末期；十七世纪以后在英国，记日记竟变成了一种流行的风气。威廉·杜格代尔爵士（Sir William Dugdale，1605—1686）虽系一位收藏古物的保皇党，但他的日记，却是关于那一个革命时代的好史料；至如法律家的怀特洛克（Bulstrode Whitelocke，1605—1675）

的英国时事记、出使瑞典记之类，更是日记之有关历史社会的重要记录。此外像福克斯（Elder George Fox，1624—1690）、约翰·伊夫林（John Evelyn，1620—1706）、塞缪尔·佩皮斯（Samuel Pepys，1633—1703）等，都是英国十七世纪的日记名家，他们的日记，到现在还是为我们所爱读的东西。

十八世纪的英国作家之以日记著者，有斯威夫特的 *Journal to Stella*①，系一七一〇年至一七一三年间的日记，是感情泼辣的文学作品。约翰·卫斯理（John Wesley，1703—1791）的日记，达布莱夫人（Madame d'Arblay）的日记，早已喧传众口，是大家公认为日记中的白眉之作，此处当然可以不必再说了。

博斯韦尔的《游赫布里底诸岛日记》（*Boswell：Journal of a Tour to the Hebrides*），巴贝尔隆的《失意者日记》（*W.N.P Barbellion：The Journal of a Disappointed Man 1919. A Last Diary 1921.*）等，都是作者还活着就印出来的日记，虽系可以当作文学创作品看的产物，但按其体载记叙来说，当然也是日记无疑。

法国中世纪，有一位无名的牧师，曾写过一部《巴黎一市民的日记》（*Journal d'un Bourgeois de Paris*），系记谢儿六、

---

① 《致斯泰拉日记》。

七世时代的时事的，从一四〇九年起至一四三一年终，后来由他人续记至一四四九年的。路易十四世时代前后的日记作者，自然更多，此处只介绍几个名字在这里：Dangeau（有一部沉闷的日记）、Saint-Simon（他的回忆录系 1691—1723 年间之日记）、法学家 Edmond Barbier（有 1718—1762 年间之日记）、Bachaumont（有 1762 年前后的私记）等 [1]，是重要的人物。

近世的日记作家，以法文写出，而为大家所激赏者，当推那位生在俄国，长在欧洲，以二十五岁的青春死在巴黎的少年奇女子玛丽·巴什基尔采夫（Marie Bashkirtseff）氏，其次则龚古尔兄弟的《文艺日记》（*Edmond et Jules de Goncourts*）与阿米尔的《内省日记》（*Amiel's Journal Intime*），是日记中的仙露明珠，不可多得的逸品。

庞森比氏把日记的种类，分作了历史的、宗教的、游历与佃猎的、社交与文艺的、军事与职业的、家庭的、妇孺的七类。在序文上他也在说，把日记来分类，本来是一件不可能的工作。可是为叙述的便利起见，勉强把它们分成了这样的七类，我觉得也很适当。

日记的有功于考据，使历史家于干燥的史实之中，得见

---

① 丹纪奥、圣西蒙、巴比耶、巴绍蒙。

到些活的关于个人、关于当时社会的记载，原是不可掩没的事实；而热心于宗教，想将心里的邪念怀疑，尽情吐露，以求一时的安心立命，以祈将来的德积行修的人，日记当然也是一个最上的忏悔之所。游历的行旅者，遇到了新的山川景物、风土人情，要想把眼前的印象留下，可以转告他人，并且日后也可以唤醒自己的追怀，记日记自然是一个最好的方法。所以在我们中国，自古代遗下来的日记中间，特以这一种记行程、叙游迹的游记为最多；外国的作家，于漫游世界之后，也差不多每个人都有些记行的作品，足见一逢新异，手痒难熬，每日于游倦之余，在旅舍的灯下，弄弄笔杆，终是古今一例，中外相同的心理。

记交游的来往，叙俗尚的迁移；遇见了伟人，发生了一种怎样的感想，留下了些如何的印象；逢着了大事，受到了些怎样的刺激，写下了怎么样的批评，也是日记中常有的事情。所谓社交与文艺的日记，就是指这一类的日记而言。

除宗教与游历之外，战事自然是记日记的人最注意的一件事情，自一五九一年，英国的托马斯·康宁斯比（Sir Thomas Coningsby）记了他的鲁昂（Rouen）被围的日记以来，每次战争，总有这样的日记出现。所谓职业的日记者，就是负有记这些日记的使命，或当战争起后，任有职务的人所记的日记。

于这些大事之外，家庭的琐事，也是反射社会风俗的一面镜子。像主妇的气氛行动、小孩的疾病治疗、男女佣人的脾气、日常起居的调度之类，也是日记的材料，这一种日记就是所谓家庭的日记。记者也许不很出名，而当我们读他或她的记事时，却也能感到无上的快乐。

妇人观察精细，并且也较多闲暇，所以记下来的日记，虽觉累赘，但在另一方面，却能把当时的琐事，比较正确完全地记叙下来。庞森比氏之所以要分立妇孺日记的一类者，实因妇孺所记的日记，为人传诵者独多的缘故。

上面所说的，是关于日记的一般的话，现在要说到我自己的记日记的经验了。在日本读书的时候，当然也断断续续地记下了许多的日记，但这些稿本，不知丢到哪里去了，现在简直一本也找不到。回国之后，做了些编杂志和教书的事情，中间虽也不曾断过记日记的习惯，可是刻板生活的记载，就是自己看了，也要生厌。自从南下广东，北回北京，生活上起了变化之后，日记方才记得多了一点。但当记载的时候，当然是没有把这些无聊的日常琐事，公之于大众之前的意识的。可是为补救生活之故，将《日记九种》刊行之后，销路也居然有了好几万部，于是为了版税，就一版再版地任书局去印行。其后为杂志编辑者及书局之催逼，也曾经将零星记下来的日记，拿去塞过责。于是于《日记九种》之后，又发表了许多断篇的日记。

现在当将全集改编一道的时候，当然是要先从容易做的事情来着手，达夫日记的汇录改削就于是乎成功了，这就是我这一册日记的所以得与诸君相见的缘由。

一九三五年六月

（原载《达夫日记集》，1935 年 7 月

上海北新书局初版）

传记文学

中国的传记文学，自太史公以来，直到现在，盛行着的，总还是列传式的那一套老花样。若论变体，则子孙为祖宗饰门面的墓志、哀启、行述之类，所谓谀墓之文，或者庶乎近之。可是这些，也总是千篇一律，人人死后，一例都是智仁皆备的完人，从没有看见过一篇活生生地能把人的弱点短处都刻画出来的传神文字。不过水浒也名曰传，文艺批评家视为一百零八人的合传，阿Q也有正传，新文学流行了十几年的中间，只有阿Q最为人所知道。若把这一类文学，都当作传记来看，则写孙悟空的《西游》，写董小宛的《忆语》①，也都是传记了，我所说的传记文学范围绝没有这样广阔。

那么，中国所缺少的传记文学，是哪一种东西呢？正因为中国缺少了这些，所以连一个例都寻找不出来。若从外国文学里来找材料，则千古不朽的传记作品，实在是很多很多。时代

---

① 全名为《影梅庵忆语》，清人冒襄著。

稍旧一点、体例略近于《史记》而内容却全然不同的，有普鲁塔克（Plutarch）的《希腊罗马伟人列传》[1]。时代较近，把一人一世的言行思想、性格风度及周围环境，描写得极微尽致的，有英国鲍斯韦尔（Boswell）的《约翰逊传》。以飘逸的笔致、清新的文体，旁敲侧击，来把一个人的一生，极有趣味地叙写出来的，有英国 Lytton Strachey[2] 的《维多利亚女王传》，法国 Maurois[3] 的《雪莱传》《皮贡司非而特公传》。此外若德国的爱米儿·露特唯希，若意大利的乔泛尼·巴披尼等等所作的生龙活虎似的传记，举起来真举不胜举。

正唯其是中国缺少了这一种文学的传记作家，所以近来市场上只行了些自唱自吹的自传与带袭带抄的评传之类。但从一代伟人像孙中山那样的巨子，还在登报悬赏征求传记的一点看来，则中国传记文学的衰落，也就可想而知了。

（原载 1933 年 9 月 4 日《申报·自由谈》）

---

① 现译为《希腊罗马名人传》。
② 利顿·斯特拉奇（1880—1932），英国著名传记作家。
③ 安德烈·莫洛亚（1885—1967），法国传记作家、小说家。

略谈幽默

　　幽默究竟是属于情的呢还是属于智的？对这问题，许多文学家、心理学家，似乎争论得很起劲。有的说，幽默是全属于智的，一涉及情，幽默便终止了，譬如，看见一个人，忽而仰天跌了一跤，我们就会得笑。但一感到这人跌死了或跌伤了的时候，怜悯同情之心动了，所以笑也就笑不成功。这话原也不错，但李逵搬母过山，老虎吃了他的老母，后来经他述说，宋大哥心中不觉好笑，却也是事实。所以说一涉及情，幽默便而终止的话，我觉得也不尽然。不过幽默之来，终像属于智的部分较多，涉及情的地方较少，倒是讲得通的话，若说完全与情无关，那却有点不对了。从前日本人初译"幽默"这一个外国字的时候，还有人把它译作"有情滑稽"的，假使幽默而不带一点情味，则这一种幽默，恐怕也不会有多大的回味。俄国契诃夫的小说、戏剧之所以受人欢迎，妙处也就在他的滑稽里总带有几分情味。所以有人说微苦笑的心境，是真正的艺术心境。

查组成幽默的实际，总不外乎性格和场面的两种分子。幽默的人物性格和幽默的事件场面，互相织合起来，喜剧就成功了。让我先引一段古书作例之后，再来说明：

杭城石某，家甚富，有呆子之名，善于丝竹，而挥金如土，出于意表。后渐贫，屡欲谋售宅，有来议视者，必盛筵款接，优戏笙歌竟日。人或给以看宅未遍，来晨再至，则歌席相待如初，甚至半月未议价，而亏欠已累累矣。有田数百亩在萧山，托王兆祥代售，馆于其家；每数日，有人乘舆来索债，形容褴褛，石必鞠躬迎款。向王乞余钱赠之而去，隔日来，仍复如故。王私问其家人，究何急债乃尔？答曰："主人所穿洋绒袍，系赁来者，每日赁价千钱，此人系居间言定，索价时，并赏与钱工食，故源源而来也。"时正严寒，王视其袍，亦敝甚，劝不如自购裘服，因借银六锭付之。石至衣店中，拣阅竟日而归，绝不提及。居数日，王问前买衣银何在？答曰："衣有合意者，未讲定价值，以银为押，约昨日不往取，则银必押没；昨因酒醉，偶忘之，无可复问也。"至岁晚，田未售成，石愤急欲自尽，王惊救之，因为减半价售去。问何急需？石曰："昨岁欠人千钱，除夕有群众持刀斫入，我哀切恳求，许以堂中楠木桌椅及一切什物偿利，始恨恨持去；今若空归，又须受窘迫也。"其痴呆类如此，妻劝之，不听，因析炊别居，得田百余亩，尚温饱；怜石饥寒，制衣遣人送至，石必怒叱之，取衣碎剪如缕，送食至，则抛掷户外。遂卒以馁死。

京师寿佛寺门前，地甚辽旷，云有鬼，傍晚路过者咸惴惴。

一暑夜，溟蒙尘雨，淡月微映，一人著屐过，值一人对面来，相去不数步，谛视，其人矗然戴三首焉，疾号倒地，三首者亦狂呼，脱二首而倒。有顷，行人集，始掖起而苏，视三首者，则以两手捧两瓜于肩耳，怪其大声号，故亦惊，释手碎瓜而僵云。

（以上两则，都见海昌俞石年著之《高辛砚斋杂记》中，我是从《妙香室丛话》卷十四里转抄下来的。）

上面的两则笔记，读起来都有点好笑，不过第一则的幽默，分明是在石某这一个人的性格上；第二则，当然是由于事件场面的巧合了。虽然仅仅看了这两节笔记，我们不能不下概括的断语，但大体说来，则幽默的性格，往往会诉之于情。如法国莫里哀的喜剧，我们读了，笑自然会笑，但衷心隐隐，对主人公的同情或憎恶之情，也每有不能自已之势。

其次，对于错误、颠倒或意外的幽默场面，则哄然一笑，此外说没有什么余味了，这就因为不涉及情，所以感人不深的缘故。

一九三三年八月十日

（原载 1933 年 9 月 1 日《青年界》第 4 卷第 2 号）

写作闲谈

一、文体

　　法国批评家说，文体像人；中国人说，言为心声，不管是如何善于矫揉造作的人，在文章里，自然总会流露一点真性情出来。《铃山堂集》^①的"清词自媚"，早就流露出挟权误国的将来；咏怀堂^②的《春灯》《燕子》，便翻破了全卷，也寻不出一根骨子（从真善美来说，美与善，有时可以一致，有时可以分家；唯既真且美的，则非善不成）。所以说，"文者人也""言为心声"的两句话，绝不会错。

　　古人文章里的证据，固已举不胜举，就拿今人的什么前瞻与后顾等文章来看，结果也绝逃不出这一铁则。前瞻是投机政客时，后顾一定是汉奸头目无疑；前瞻是夸党能手时，后顾

也一定是汉奸牛马走狗了。洋洋大文的前瞻与后顾之类的万言书，实际只教两语，就可以道破。

色厉内荏，想以文章来文过，只欺得一时的少数人而已，欺不得后世的多数人。"杀吾君者，是吾仇也；杀吾仇者，是吾君也。"掩得了吴逆的半生罪恶了吗？

二、文章的起头

仿佛记得夏丏尊先生的《文章作法》里，曾经说起头的话，大意是大作家的大作品，开头便好，如托尔斯泰的《战争与和平》的开头，以及岛崎藤村的《春》《破戒》的开头等等（原作中各引有一段译文在）。这话我当时就觉得他说得很对（后来才知道日本五十岚及竹友藻风两人，也说过同样的话），到现在，我也便觉得这话的耐人寻味。

譬如，托尔斯泰的《婀娜小史》[①]的起头，说："幸福的家庭，大致都家家相仿佛似的，而不幸的家庭却一家有一家的特异之处。"（原文记不清了，只凭二十余年前读过的记忆，似乎大意是如此的。）

———————————

① 现译为《安娜·卡列尼娜》。

又譬如：斯曲林特白儿希的《地狱》（？）的开头，说"在北车站送她上了火车之后，我真如释了重负"云云（原文亦记不清了，大意如此）。

真多么够人回味。

三、结局

浪漫派作品的结局，是以大团圆为主；自然主义派作品的结局大抵都是平淡；唯有古典派作品的悲喜剧，结局悲喜最为分明。实在，天下事绝没有这么的巧，或这么的简单和自然，以及这么的悲喜分明。有生必有死，有得必有失，不必佛家，谁也都能看破。所谓悲，所谓喜，也只执着了人生的一面。

以蝼蛄来视人的一生，则蝼蛄微微，以人的人生来视宇宙，则人生尤属渺渺，更何况乎在人生之中仅仅一小小的得失呢？前有塞翁，后有翁子，得失循环，固无一定，所以文章的结局，总是以"曲终人不见"为高一着。

（原载 1939 年 11 月 19 日新加坡
《星洲日报星期刊·文艺》）

再来谈一次创作经验

　　大约是弄弄文学的人，大家常有的经验吧，书店的编辑和杂志的记者等，老爱接连不断地向你来征求自叙传或创作经验谈之类的东西。这一类文字，要写的话，原也是轻而易举的事情，可是人类大抵都是一样地有一次生有一次死，有时候失败，有时候成功的，将平平常常的自传写将出来，虚费掉几十万字和几千张纸，实在也没有多大的意思。除非要写得很好很特异的自传，如卢梭的《忏悔录》、歌德的《诗与实际》、利却特·杰弗利斯的《心史》之类，写出来还有点道理，否则如一般人的墓志传略一样，千篇一律，非但作者自己感不到兴趣，就是读者读了，也要摇头后悔，悔他的读书时间的可惜的，又何苦来多此一举呢？关于创作的经验谈，也是一样。虽则说戏法人人会变，各人巧妙不同，但大抵的作诗作小说剧本的人，总逃不出多读多想多练习的一个死律，此外的个人经验，如还是在早晨写好呢还是在晚上写好？还是用毛笔呢还是用钢笔？还是做书简日记式的文学呢还是用第三人称的体裁之类，却是无关大体的事情，嘎嘎嘈嘈，说些废话，都不过是精神的浪费。

实际的情形是如此，但年轻的读者和书店的编辑，却明知而故犯，偏是不肯在这一着上放松，于是弄弄文笔的人，也只好同工厂里的工人一样，勉强地制造出些自传或经验谈来，以应所需，以骗大家。我的作创作经验谈，这一回已经是第三次了，第一次是当《过去集》出版的时候写的一篇序文《五六年来创作生活的回顾》，第二次是《北斗杂志》编者硬来要去的一篇《忏余独白》（已印在《忏余集》的头上做了序文了），到现在的这第三次上，实在是另外更没有什么好写出来，不得已我只好来抄些书，抄一点外国人的创作经验谈之类的废话，聊以徇书店主人和编辑先生之情。

德国有一位作家叫 Hanns Heinz Ewers[①]，他在一九二二年出了一本续成席勒（Schiller）的 *Der Geisterseher*[②] 的小说。当这小说未出之先，有许多人在骂他狗尾续貂，不该做这些不相称的事情；所以出书之后，他在这书上写了一篇后叙，这后叙的中间，有几句很直截了当的关于创作的话，我觉得很可以代表我的意思，现在先把它抄在下面：

---

① H.H.爱华斯。
② 《能见鬼神者》。

我是一个诗人，不是一个有先见之明的预言者。世界是如何，我就丝毫不加改变地依它那样地接受进去。我是"为阅世而生，为观察而来"——或者正因为此，又把观察所得的如实再写下来。我只自以为我有一双很能观察的眼睛而已。

　　　　　　　　　　　　　　　　　　　　　（见五百二十一页）

　　这是在教人须具有观察的眼睛，须如实地把观察所得的再写下来的意思，所以虚伪的、空幻而不符实际的事情，我觉得不是作家所应写的。当法国自然主义的作家们，奉了裴乃德①的实验医学研究的科学方法，在创制小说的时候，这意思是已在实际上被应用了，但问题还有一点，就是在作者的有无很好的观察眼睛。善于观察的人，虽不是神仙，虽不是预言者，但他却能够从现在观察到将来，从歧路上观察到正路上去的。

　　凡艺术家的几件常套事情，就是：旋律的来复，色彩的配合，对一特异主题的偏爱，一定的思路和技巧的扶助之类。

　　　　　　　　　　　　　　　　　　　　　（见五百二十六页）

————————————

　　①　法国生理学家。

这是说技巧上的事情的。这技巧两字，实在是很不容易说，爱魏斯仅仅以这五项来说技巧，当然要挂一漏万，但我们应该注意，他这一篇后叙，主意是并不在说创作的经验和创作的技巧的，所以笼统说到了这五项，大致也差不多了。总之当创作的时候，技巧这一步功夫，也是很难以做到的极重要的实际。譬如我们在构想的时候，想到了十分，但偶一疏忽，当表现出来的时候，最多也不过做到了三分四分，或简直连三分都写不到的事情，也是很多，这便只能怪我们的技巧不够了。要练技巧，另外也无别法，多读多想多写之后，大约技巧总会有一点长进的。

新近以八十岁的老龄而辞世的爱尔兰作家乔其摩亚，在他译的那册达夫尼丝与葛罗衣的恋爱故事^①上，有一篇很长的对话序文。这序文头上有一段，他说到了脑里有许多思想，但到了动笔写时，却终于写不出来的焦躁苦闷。摩亚向他的幻想的朋友 Whittaker 述说了这一个不免绝望连读书都感到无味的心境之后，挠泰客就劝他试试翻译看如何。挠泰客说：

---

① 出自《达夫尼斯与赫洛亚》一书，作者相传为活跃于公元3世纪的希腊作家朗戈斯。

100

翻译可以使你生出新的见地来，翻译完后，你或者会再有兴趣回向你所抛弃了的书本子去也说不定。

（见 Windmill Library 本第四页）

这是的的确确的经验之谈。我个人就老有感到绝望，虚无，完全不想做东西或看书的时候，这一种麻木状态的解除，非要有很强的刺激，或很适当的休养不能办到，创作不出来的时候的翻译，实在是一种调换口味的绝妙秘诀。不过翻译惯了，有时也会不想再去创作的，除在这一点地方，少许带有些危险性外，则于倦作之余，试一试只为娱乐自己而做的翻译工作，终究是很有意义的方法。因为在翻译的时候，第一可以练技巧，第二可以养脑筋，第三还可以保持住创作的全部机能，使它们不会同腐水似的停注下来。

最后，只能讲到读书上去了。当从事创作的中间，去读他人的著作，多少是带有些危险性的。但思路不能开展，或身体感到疲乏，或周围的环境起了变化，一时不能继续创作下去的时候，读读他人的书，是很能够促进创作力的复活的。中国的有许多近视批评家，只因你于某一时期在读某一种书，就断定你那时期的作品系改窜那一种书而成，这真是大笑话。第一，这种批评家就不懂得读书的意思，以为在读《论语》者，硬是孔门的弟子。第二，这种批评家大约根本就没有读过那两部所比较批评的书，所以会说出这样武断的话来。因为我们要晓得人家解释《资本论》的书，并不是《资本论》本身，我们非要将原作仔细研究一番之后，才能够说一句或是或非的话。关于读书，外国人说的名言很多，如裴孔，如蒙泰纽，如爱默生，最近还有一位 Hugh Walpole[①] 之类的 Essay 大家的文章，抄起来真抄不胜抄，并且题目不同，要逸出创作经验谈的范围以外去了，所以不赘。

一九三三年三月七日

（原载《创作的经验》，1933 年 6 月上海

天马书局初版）

---

① 休·沃尔波尔（1884—1941），英国小说家。

第二辑

小说创作

小说论

第一章　现代的小说

小说两字，在中国的周秦诸子书里，早就见过。但当时的小说两字的意义，与现代我们所用的小说两字的意义不同。和我们所用的这两字的意义相近似的用法，最早恐怕要推《汉书》的作者班固了。班固的《汉书·艺文志》，系删节刘歆的《七略》而成，《七略》已经不传，所以我们只能以《汉书·艺文志》为对小说两字下定义的最早之书。《艺文志》里说：

> 小说家者流，盖出于稗官，街谈巷语，道听途说者之所造也。孔子曰："虽小道，必有可观者焉，致远恐泥。"是以君子弗为也，然亦弗灭也，闾里小知者之所及，亦使缀而不忘，如或一言可采，此亦刍荛狂夫之议也。

从《艺文志》的这一段解说看来，我们可以知道中国古人对小说所抱的观念有两种。第一，是对小说的轻视，以为"小说是小道，君子之所不为"的。第二，是在要求小说的实用，"如或一言可采，此亦刍荛狂夫之议"，可以补大人先生们的思想之所不及的。这两种观念，沿袭下来，一直到新文学运动起来的时候止，才稍稍转变过来。然而目下的一班思想顽固者流，对小说两字的见解，还是依然如故的居多。所以父兄每每禁止子弟看小说，即使准看，亦只限定于劝善惩恶的演义之类。至于启发人智人性的一切作品，他们都视同蛇蝎，一例排斥的。

这两种因袭观念，在中国的小说界作祟，几及两三千年。所以我们中国的文献里，旁的方面，都可以与世界各国的学术抗衡而无愧，独有这小说的一门，拿得出来的，只不过寥寥的几部。

新文学运动起来以后，五六年来，翻译西洋的小说及关于小说的论著者日多，我们才知道看小说并不是不道德的事情，做小说亦并不是君子所耻的小道。并且小说的内容，也受了西洋近代小说的影响，结构人物背景，都与从前的章回体、才子佳人体、忠君爱国体、善恶果报体等不同了。所以现代我们所说的小说，与其说是"中国文学最近的一种新的格式"，还不如说是"中国小说的世界化"比较妥当。本书所说的技巧解剖，都系以目下正在兴起的小说为目标，新文学运动以前的中国小说，除当引例比较的时候以外，概不谈及。

中国现代的小说，实际上是属于欧洲的文学系统的，所以要论到目下及今后的小说的技巧结构上去，非要先从欧洲方面的状态说起不可。现在暂且把二三百年来小说在欧美文学上的位置状况来谈一谈，借作参考。

西洋小说，发达的初期，虽在十八世纪；然其在文艺界、出版界占有势力，以至于压倒其他的一切姊妹艺术的气势，却是近几十年来的状态。欧洲人当初对小说的轻视，也和中国人一样的。俄国屠格涅夫（Turgenev，1818—1883）初出小说的时候，他的母亲听见了他的文名，写信给他，叫他不要去干这些无聊的事情，为贱民去制造娱乐品。英国大批评家卡莱尔（Carlyle，1795—1881）的母亲，自己夸说平生只读过一本小说，这本小说，就是德国歌德（Goethe，1749—1832）的《威廉·迈斯特》(*Wilhelm Meister*)，由他儿子翻成英文（卡莱尔的译本，在 Everyman's Libray 里头有单行本两册）献给她的。从这两个例子看来，当十九世纪的初期，小说在欧洲文艺界所占的地位，也就可想见了。不但如此，在二十几年前头，美国的一位大学名教授菲尔普斯（William Lyon Phelps）在大学里，设了一个小说研究的讲座，就惹起了大家的议论。美国各地的报纸，竟有许多加以攻击的。菲尔普斯教授著的《现代小说家》(*Essays on Modern Novelists*，1918)一书的附录里有一篇 "Novel as University Study" 头上的一段，就是说这一件事情的。由此看来，美国在二三十年前头，还只以小说为 **Drawing Room** 的娱乐品，也无怪中国现在还有许多遗老遗少在那里骂小说是诲淫诲盗之具了。

但是近年来的小说的猖獗，却迥与从前不同了。全世界的文明各国，所出版的书籍中间，年年销数占第一位，种数占第一位的，总是小说。即以英国的出版统计来说，大战前一年的一九一三年中，在英国本土所印的八千六百本的新刊书里头，小说要占一千二百册以上，即七分之一的多数。即以一书的销数而论，俄国现在所出的小说，无论好坏，听说头一版，总要印一万册以上。即以我现在手头所有的一本德国新近出版的小说 *Der Neue Daniel*, von Willy Seidel[①] 来说，头六千系在一九二一年印，现在已经卖到第十八千（一万八千）了。日本德富芦花著的小说《不如归》，现在已超出二百版以上，贺川丰彦的《超出死线》，在最近的三五年中间，差不多要卖出三万部的样子。这一种小说销卖的种数册数的增加，以后恐怕

---

① 维利·塞德尔著《新的但以理》。

只是有增无减，所以有人说二十世纪，是小说的世纪。我们从此就可以看出现代小说，对于现代的社会、现代的生活，是如何地有绝大的势力来了。

现代小说之所以能够发达到这样的地位的，也不为无因，现在想把促成小说发达的几种原因，约略地说一说。

第一、从艺术进化上看来，小说的发达，实在是必然的趋势。从前当生活很简单、人事不复杂的时代，我们人类的感情变动，亦不十分复杂。喜只是喜，哀只是哀，有动于中，就发于外，叫一声，唱一句，就可以把感情泄尽了。在这时代，文学表现上最适当的形式，是抒情诗。最简单的诗里，只须变更几个感叹词，变更几个词句中重要的名词，把很相近似的句子，翻来覆去，连唱几遍，就可成篇。中国《诗经》里的许多短篇，以及西洋诗里的 Refrain（复句），就是这一种的好例。后来社会的生齿日繁，人和人的纠葛亦日渐纷杂起来了，因而人类的感情，亦变得十分复杂，觉得光是几个感叹词、几个名词，不能把新的情感全部表现出来，于是乎文学的形式体裁，就也不得不随之俱变了。从抒情诗，变成了叙事诗，又于叙事诗之外，加上种种分子，使成了戏剧。后来觉得这些方法，还不够表现之用，到了十八世纪，就有小说出现了。所以在世界文学史里的一时代一时代的文学，都有一种特性，都有一条进化的线索可寻。例如荷马（Homer）时代的叙事诗，莎士比亚（Shakespeare）时代的戏剧，以及近代的左拉（Zola）、托尔斯泰（Tolstoy）、陀思妥耶夫斯基（Dostoyevsky）时代的小说之类是。

第二、现代教育的普及和一般求知欲的亢进，也是促成小说发达的一个原因。受了教育的人和吸上鸦片烟的人一样，闲空下来，没有书读，是很难受的。然而带教训性质的圣经贤传和要求精细的注意力的科学哲学，不是消闲的佳品。读了又觉得快乐，又觉得舒服，并且于消磨时间之外，有时候间或可以得到社会知识的读物，除小说以外，却无别的东西了。这就是小说的所以会这样的流行、小说内容的所以要非常普通的原因。

第三、现代社会生活的干燥，也是使小说发达的一种消极的原因。自从产业革命以来，人类的生活，几乎变得同机械一样。一天工作了七八小时，日暮归来，家里若有娇妻幼子，那么这肉做的机械，还能得着一点倦后的慰安，恢复一点精力，以待明朝的工作。若他是没有家庭和虽有家庭而不十分完满的人，那么日曜暇时，只有埋头闷死的一法了。当这样的时候，来安慰他们，使他们在人生的道上，得暂时忘记他们的十字架的担负的，是小说家的如花如蜜的灵笔。菲尔普斯教授，在一本著书 *The Advance of the English Novel* 里所说的"小说是最平民式的文学上的形式"（"The most democratic form of literature"）的意思，大约也不外乎此。

第四，因为上面三种关系的结果，一般人民对于小说的要求增加，作小说的人的报酬也丰富起来了。于是作家亦日渐增多，所以市场上的小说作品，就也不得不增加了。听说吉卜林（Kipling）有一次为伦敦《泰晤士报》作一篇短篇小说，得到一个字一镑的酬金，譬如开头写一句 Once upon a time……就有四十块钱的报酬，这事情怎能不叫人眼热呢？况且作小说不比作诗作戏剧，凡有一点聪明的人，不必素养学力，都可以写得出来的 [例如英国刚死的作家康拉特（J.Conrad）本来是一个不通英文的波兰水手]，也无怪乎英国现代大小的作家合计起来，有两万多了。所以最后，作家的辈出，也是促进小说发达的一个原因。

以上各种原因，互相作用的结果，欧美市场上的小说，此后恐怕还要年盛一年。不说欧美，就以中国的状态来说，今后的出版界，恐怕也要被小说占去头一把交椅。我很希望中国的青年作家，以后能努力一点，使中国的小说，将来质上量上都能较胜于欧洲。

本章的参考书：

鲁迅著《中国小说史略》第一篇。

日本木村毅著《小说之创作及鉴赏》第一章。

Phelps: *Essays on Modern Novelists.* (Appendix A.)

Ditto: *The Advance of the English Novel.*

Times: *Literary Supplement.* 1913—1914.

第二章　现代小说的渊源

在第一章里已经说过，中国现代的小说，实际上是属于欧洲的文学系统的，所以要说到现代小说的渊源，就不得不把西洋的小说发达史很简略地来介绍一下。西洋的小说，成立于十八世纪，前章已经有一句话说到过，但十八世纪以前，在埃及希腊拉丁的文学里，像小说一类的东西，也不能说是没有。据霍尔恩（Charles Horne）著的《小说技巧》（*The Technique of the Novel*）里来讲，世界最古的小说，当推《韦斯特卡尔纸草》（*Westcar Papyrus*），系六千年前的著作，专记述埃及第四王朝前后的事迹，大抵系关于大金字塔的建设者奇阿普斯[①]（Cheops）的故事。一八九〇年柏林出版的 *Märchen des Papyrus Westcar*[②]，一八九五年伦敦出版的 *Egyptian Tales*[③]，就是这书的移译本，大约可说是世界最古的小说了。

希腊最古的小说，据《大英百科全书》中 Edmund Gosse[④]

[①]　即法老胡夫。

[②]　《纸草本故事集》。

[③]　《埃及故事集》。

[④]　埃德蒙·戈斯，英国诗人兼文学评论家。

所说，是亚利斯的迭斯（Aristides）所著的《米雷贾加》（*Milesiaka*）六卷，系关于著者所住的米来塔斯街的故事，但现在已经不传了。不过由那些后代的模仿此书的作品推想起来，大约是一种饶有情趣的生活记录。纪元后第二世纪有一本《鲁雪乌斯别名驴》（*Lucius or the Ass*）的小说，所记多是愚人愚事。六世纪顷的一本田园的爱情小说《达夫尼斯和赫洛亚》（*Daphnis and Chloë*），当为希腊文学中小说之冠，实在的希腊人的作品中之可传者，大约不过是这一篇而已。此篇的作者，相传为郎戈斯（Longus），作中情节，清丽缠绵。法国圣皮埃尔（Saint-Pierre，1737—1814）在一七八八年发表的名小说 *Paul et Virginie*①，就是模仿这本郎戈斯的作品的。

拉丁文学中的阿普列乌斯（Apuleius）所著之《金驴记》（*Golden Ass*）不过是希腊小说的翻译，无特创之处。只有纳罗（Nero）时代的佩特洛尼乌斯（Petronius）所著之《萨蒂利孔》（*Satyricon*），系后代法国小说《吉尔·布拉斯》（*Gil Blas*）的先驱，实系为拉丁文学增色的东西。此外罗马人的作品，并不多见。总之拉丁民族，是政治的民族，不是艺术的民族，他们在艺术上只享受享受希腊人的已成品就够了。

中世以降，北部意大利，是产生小说的摇篮。英文的小

_____

① 《保尔与薇吉尼》。

说 Novel 这个字，系从意大利文的 Novella（描写世态的小说）来的。当然这意大利文本来是拉丁文的"新奇"的意思，因为这些小说都是新奇的创作，所以就变成这一种小说的普通名词了。意大利的小说之最古者，当推《古事百种》(*Cento Novelle Antich*)及《小话集》(*Novellino*)等，此等书的取材都很广，凡骑士、佳人、僧侣、村汉之类都被收在里头，内容则恋爱史、冒险谈、历史小说等体裁，混合在一处。这些小说故事，就是薄伽丘（Giovanni Boccaccio，1313—1375）的《十日谈》(*Decameron*，1347)的先驱。《十日谈》翻译出来，就是"十天中所讲的故事"的意思。当一三四八年的时候，意大利疫疾流行，有朋友十人，在佛罗伦萨附近避疫，无聊之极，大家想出些故事来讲讲，每人讲十个，合起来共有一百个故事。这就是薄伽丘想出来的十日长谈的开始。中间有妖艳的妇人，有淫乱的贵族，也有愚不可及的村夫，也有受天独厚的骑士。形形色色，美不胜收，实在是中世文学的一个宝库。可惜中间猥亵的地方太多，欧洲各国都列入禁书，但如《利撒与亚儿封所王的爱情谈》(*Lisa's Love for King Alphonso*)之类，可算是千古的佳作。英国女诗人乔治·艾略特（George Eliot，1819—1880)，诗人如济慈（Keats，1795—1821)、丁尼生（Tennyson，1809—1892)、斯温伯恩（Swinburne，1837—1909)等，都在他的书里得了不少的材料。薄伽丘的影响，到了二十世纪的现代，还没有终息呀！薄伽丘以后，起来的一群作家，都不能超过他而上之。现在暂且把几个重要的作家举出来，做个收场。佛朗哥·萨切蒂（Franco Sacchetti，1335—1400）著《三十小说》（*Trecent Novelle*），英国洛斯各的《意大利小说家》（*Thomsa Roscoe's Italian Novelists*，1825）中有十篇英译。托马所·库阿达督（Tommaso Guardatto，1415？—1477）别出心裁，在一四七六年出版之 *Novellino* 里，共分五卷，每卷有小说十篇。马泰奥·班戴洛（Matteo Bandello，1480—1561）总算是意大利中世小说家中最后的名花，共著小说二百四十一篇，虽则风格不高，然而当时因为诗人太多，散文作家没有的原因，他的名字就在文学史上辉耀起来了。嗣后意大利文艺消沉，一直到了十八世纪的后半，才有曼佐尼（Alessandro Manzoni，1785—1873）出来，他的《约婚夫妇》（*Promesi Sposi*，1827）一篇，实在是世界文学中的最伟大的小说。到了十九世纪以后，意大利的小说家又多了起来，现在即就我们所熟知的名氏，写几个出来。西西里的维尔加（Giovanni Verga，1840—1922），是写实派的大家。福加扎罗（Antonio Fogazzaro，1842—1911），他的《圣者》（*Santo*）是我们所熟知的。邓南遮（Gabriele D's Annunzio，1863—1938）现在还依然健在，他的小说如《死亡的胜利》（*The Triumph of Death*）和《火》（*Fire*）之类，都是代表意大利人的热情的作品。还有《留排》（*Rubè*）的著者博尔杰塞（G.A.Borgese），现在在英美，颇享盛名。女作家如塞拉奥（Matilde Serao，1856—1927）、黛莱达（Grazia Deledda，1871—1936）等，也已经有世界的声名了。

法国的作家，最初受了博加雪奥的影响，以写实的作风，来从事小说的创作者，是拉萨尔（Antoine de la Sale，1388—1461），他著有《新话百篇》（*Cent Nouvelles Nouvelles*）。降而至于拉伯雷（Rabelais，约1495—1553），则诙谐百出，妙语天成，实为十六世纪中的一大天才。俄国的托尔斯泰对于拉伯雷的说教的方法，也在称佩不置。不过这几个人，在法国的小说史上，并没有留下什么影响。到一六一〇杜尔菲（Honoré d'Urfé，1567—1625）的可爱的田园小说《阿丝特蕾》（*Astrée*）出现，法国人才有了清新的现代式的小说。十七世纪的马德莱娜·德·斯居代里（Mdlle de Scudéry，1607—1701）的《锁钥故事》（*Roman à clef*）可算是恋爱的百科大辞典。一六六二年女天才拉法耶特夫人（Comtesse de La Fayette，1634—1693）的《蒙庞西埃王妃》（*La Princesse de Montpensier*）出世，法国的小说界，又辟了一个新生面。一六七八年她的大著 *La Princesse de Cleves*[①] 出来了。女人心理解剖的精细，到此才可

① 《克莱芙王妃》。

117

说是绝顶。克莱芙王妃对她男人要做纯洁的夫人，然而一面对 Duc de Nemours^① 又丢弃不下，在感着一种热烈的爱情，这左右为人难的心理，被她几乎描写得无微不至，法国小说至此，已经是完全成立了。中间又有拉·封丹（La Fontaine，1621—1695）的《自在镜》（*Psyché*，1669）、费奈隆（Fénelon，1651—1715）的《特勒马科斯纪》（*Télémaque*，1699）等作品出现，这时代的法国小说的进步，实可以说是居于世界第一。此后继起者三人，《吉尔·布拉斯》的著者阿兰·勒内·勒萨日（Alain René Lesage，1668—1747），《马利安奴》（*Marianne*，1731）的著者马里沃（Marivaux，1688—1763），《曼侬·莱斯戈》（*Manon Lescaut*，1733）的著者阿贝·普雷沃（Abbé Prévost，1697—1793），都是十八世纪的奇才，对小说的开展上，贡献不少的。伏尔泰（Voltaire，1694—1778）的《查第格》（*Zadig*）、《老实人》（*Candide*），若说不当它们作严密的小说看，那么这时系受英国理查逊（Richardson，1689—1761）等的影响的法国小说家，要推启蒙哲学者狄德罗（Diderot，1713—1784）和卢梭（Rousseau，1630—1693）了。这一期的作家，有前头已经说过的圣皮埃尔（Saint-Pierre）和斯塔尔夫人（Mme.de Staël，1766—1817），她著有《苔尔

---

① 法文，意即德·内穆尔公爵。

芬》（*Delphine*，1802）、《考林奴》（*Corinne*，1807）等小说。一八三〇年以后，浪漫运动的精神传到了法国，法国的小说，又变了一个方向，产生了许多杰作和天才。以心理描写著名的司汤达 [Stendhal，1783—1842，著有 *Le Rouge et le Noir*（《红与黑》）等小说]，许多历史小说的著者大仲马（Alexandre Dumas，1802—1870），《悲惨世界》（*Les Misérables*，1862）的作者雨果（Victor Hugo，1802—1885）；清新的田园小说也有，热烈的爱情小说也作的女作家乔治·桑（George Sand，1804—1876），浪漫派与写实派的调和者巴尔扎克（Honoré de Balzac，1799—1850）等，是我们所熟知的。至于自然主义的作家福楼拜（Gustave Flaubert，1821—1880）、左拉（Emile Zola，1840—1902）、莫泊桑（Guy de Maupassant，1850—1893）和最近逝世的法朗士（Anatole France）、普鲁斯特（Marcel Proust），以及现在还健在的罗曼·罗兰（Romain Rolland）、巴比斯（Barbusse）等，则另外已经有人介绍过的，此处不再说了。

英国的散文小说中，真正有价值而又最古的，当推马洛礼（Sir Thomas Malory）的《亚瑟王之死》（*La Morte d'Arthur*）。这一篇诗的小说，系一四七〇年前后写成，一四八五年由 Caxton 印出来的。关于作者的事迹不详，但记事的明晰、思想的美化，实为英国文学中罕见的巨制。不过以后继起者无人，意大利的 Novella① 输入英国以后，可以特笔的小说，也不过黎里（Lyly，1553—1606）的《尤弗伊斯》（*Euphues*）一篇而已。此后的英国，完全为法国的小说所压倒，独创的作品，几乎无有。到了一六九二年 William Congreve② 的 *Incognito* 出世，英国的小说总算有了眼目。中间出了几个散文作家，如艾迪生（Addison，1672—1719）、斯蒂尔（Steeler，1672—1729）之流，文章不能说他们不会做，可是小说中最重要的结构和人物性格的开展，他们都没有注意到，一直到了《鲁滨孙漂流记》（*Robison Crusoe*）的作者笛福（Daniel Defoe，1661—1731）出来，英国的小说，才得了复兴的机会。

一七四〇年，塞缪尔·理查逊（Samuel Richardson，1689—1761）专以作书翰文的模范为目的，发表了一本名《帕梅拉》（*Pamela*）的由许多连续的书简而成的信书。书中叙述一个少女帕梅拉·安特留斯（Pamela Andrews）在一家上流人家帮忙，这家的少主人，看中了她，要和她通殷勤，她在苦闷之余，就写了许多信给她家里，这些信现在竟成了十八世纪的最大杰作，近代小说的第一本书了。菲尔丁（Fielding，1707—1754）见了理查逊的成功，在一七四二年作了一本《约瑟·安德鲁斯》（*Joseph Andrews*）来嘲笑他，殊不知这本讽

---

① 意大利文，意即短篇小说。
② 威廉·康格里夫（1670—1729），英国剧作家、诗人。

刺的小说，竟又成了英国第二本的大作品。第三本英国的大小说，是理查逊的《克拉丽莎》（*Clarissa*，1748）；在同一年中，斯摩莱特（Smollet，1721—1771）的《蓝登传》（*Roderick Random*）也出版了。英国同时出了这三个天才，三人又前后出了这三四本书，近代小说创始的伟勋，就被 John Bull① 占去了。一七四九年菲尔丁又出了一本《汤姆·琼斯》（*Tom Jones*），结构的整严、观察的公平，较前面的诸作，又进了一步，诸家互相角逐、互相比竞的结果，一七五一年斯摩莱特发表了一篇《佩雷格林·皮克尔传》（*Peegrine Prickle*），菲尔丁又发表了一篇《亚美利亚》（*Amelia*），翌年理查逊的《格兰迪森》（*The History of Sir Charles Grandison*）又出来了。这三个作家的作品共八篇，总算是近代小说的先驱。这一期若说把它当作现代小说的创始期，那么 *Tristram Shandy*② 的著者斯特恩（Sterne，1713—1768），《拉塞拉斯》（*Rasselas*，1759）的著者约翰逊博士（Dr.Johnson，1709—1784），《克列萨儿》（*Chrysal*，1769）的著者约翰斯通（Charles Johnstone，1719—1800），《奥特兰托城堡》（*The Castle of Otranto*，1764）的著者沃波尔（Horace Walpole，1717—1797），《威克菲牧师传》（*The Vicar of Wakefield*，1766）的著者高尔斯密（Goldsmith）

---

① 英文，意即"典型的英国人"。
② 《项狄传》。

等辈出的第二期，可以说是英国小说的成熟期了。其后作者不多，十八世纪末期的贝克福德（William Beckford，1709—1770）的小说 *Vathek* [1]，总算是一本别开生面的奇书。

到了十九世纪中叶，英国的小说，又分了两派。一派是 *Sense and Sensibility* [2] 的著者 Jane Austen（1775—1817）所代表的写实派，一派是司各特（Sir Walter Scott）的历史小说派。后起者有维多利亚朝初期的五大作家 Charles Dickens（1812—1870），Thackeray（1811—1863），Charlotte Bronte（1816—1855），Mrs.Gaskell（1810—1865），George Eliot（1819—1880）。[3] 这五位作家的小说，一样地富有社会的道德的意义。从此以后，小说的使命，不单是在供太太小姐们的娱乐了。

十九世纪的后半，以及二十世纪的初期，各小说家若 Anthony Trollope（1815—1882），Charles Kingsley（1819—1875），Charles Reade（1814—1884），George Meredith（1828—1909），Robert Louis Stevenson（1850—1894），Oscar Wilde（1858—1900），Joseph Conrad（1857—1924）等 [4]，都是各有特长的作家，大约在英国文学史里，诸君已经见过他们的评

---

① 《瓦提克》。

② 简·奥斯汀著的《理智与情感》。

③ 狄更斯、萨克雷、夏洛蒂·勃朗特、盖斯凯尔夫、艾略特。

④ 特罗洛普、金斯利、里德、梅瑞狄新、史蒂文森、王尔德、康拉德。

传，此处不必赘说。至如 Thomas Hardy，John Galsworthy，H.G.Wells，D.H.Lawrence 等 [1] 现在尚健在的作家，当于别处再作详论，此处只记记他们的名字。

西班牙的小说，当意大利的作品传入之后，一五五四年有一本无名作家的 *Lazarillo de Tormes* [2]，实为后世 Picaresque Romance [3] 之祖，法国的《吉尔·布拉斯》也系用这一种连续列叙式的。一六〇四年出来的塞万提斯（Cervantes，1547—1616）的 Don Quixote [4]，不单是西班牙一国的奇书，也是世界文学里的大杰作。此外西班牙的作家，与世界文学有关的很少。近代的小说家，唯伊巴涅斯（Blasco Ibanez）正在享世界的盛名。他的小说如 *The Four Horsemen of Apocalypse* [5]，在美国演成了电影，两三年前也曾到过中国的。

德国的小说，本来在世界文学上，不大著名。歌德以后的作家，浪漫派的巨子 Tieck，Brentano，Arnim，Fouqué，Immermann 等 [6] 除外后，就当推《绿衣亨利》（*Der Gruene Heinrich*）的著者凯勒（Gottfried Keller，1819—1890）和

---

① 哈代、高尔斯华绥、威尔斯、劳伦斯。

② 《引导盲人的孩子》。

③ 西班牙文，意即"流浪汉小说"。

④ 《堂·吉诃德》。

⑤ 《启示录的四骑士》。

⑥ 蒂克、布伦塔诺、阿尼姆、富凯、伊默尔曼。

弗赖塔格（Gustav Freytag，1816—1895）了。此外如海泽（Paul Heyse，1830—1914）的优美的体裁，弗伦森（Gustay Frenssen，1863—1945）的乡土艺术的小说，都是世界有名的佳品。大战后的表现派的小说，在世界的文学上还没有什么影响发生。近年来则犹太人瓦塞尔曼（Wassermann，1873—1934）的小说，颇有人称颂，他的名声，几与老大家豪普特曼（Hauptmann，1862—1946）、苏德尔曼（Sudermann，1857—1928）相并了。

世界各国的小说，影响在中国最大的，是俄国的小说。除果戈理（Gogol，1809—1852）、屠格涅夫（Turgenev，1818—1883）、托尔斯泰（Tolstoy，1828—1910）、陀思妥耶夫斯基（Dostoyevsky，1821—1881）、冈察洛夫（Goncharov，1812—1891）等过去的作家不说外，近代的契诃夫（Chekhov）、高尔基（Gorky）、安德烈耶夫（Andreyev）、阿尔志跋绥夫（Artsybashev）等的作品，现在正在中国支配着许多作家的时候。大约中国的小说，不久也要和俄国一样地开展开来了。

此外各国的小说家，在瑞典我想举一个斯特林堡（Strindberg），在挪威当推汉姆生（Knut Hamsun），波兰的显克维奇（Sienkiewicz，1846—1916），是大家所知道的，此处可以不必说。美国的作家，除爱伦·坡（Poe，1809—1849）

外，可取的只有辛克莱（Upton Sinclair）和安德森（Sherwood Anderson）两人。

本章的参考书:

《大英百科全书》中之关于 Novel 一条，著者 Edmund Gosse.

Florence Trail: *A History of Italian Literature.*

Saintsbury: *A Short History of English Literature.*

日本木村毅著:《小说研究十六讲》。

Wright: *A History of French Literature.*

M. J. Olgin: *A Guide to Russian Literature.*

Heinemann: *Deutsche Dichtung.*

第三章　小说的目的

　　小说从来没有确定的定义，如尼尔森氏（W.A.Neilson）则谓小说家的本领，在提供人生真实的画图（The novelist's business is to give true pictures of life）。美国汉密尔顿教授（C.Hamilton）在《小说技巧论》里，则谓小说的目的，在使人生的真理具体化于想象的事实的系列之中（To embody certain truths of human life in a series of imagined facts）。英国小说的始祖理查逊在小说《帕梅拉》的序上，更有下列的几种说明：

　　　　安慰青年男女之心，使他们娱乐，同时也可以教化改良他们。

　　　　宗教道德，平易愉快地教给他们，使他们可以平等地得到欢乐与利益。

　　　　长幼的义务，社会的义务，最明白地发表出来。

　　　　恶德使人见而生厌，美德使人见而生欢。

　　　　正确地描写人物。

使聪明的读者，起了热情，不知不觉，在耽读故事之中，而得达上记的各种善良的目的。

　　这些若系有价值，是值得推奖的事情，那么本书的目的，就在此了。

　　照这一段《帕梅拉》序文的大意看来，我们可以看出当时的小说的目的有三：一在使小说有趣，二在使小说能尽教化之职，三在描写正确的人生。这第二种以宣传道德为小说的任务的见解，就是现代的所谓"目的小说"（The novel with purpose）的根据，照艺术的良心上讲来是讲不过去的。总之目的小说，在创作者方面，不妨创作，而当论小说的艺术的时候，绝对不能拿来作论断的准则。因为目的小说（或宣传小说）的艺术，总脱不了削足就履之弊，百分之九十九，都系没有艺术的价值的。

　　何以"目的小说"都会没有价值的呢？就是因为它要处处顾着目的，不得不有损于小说中事实的真实性的缘故。原来小说的生命，是在小说中事实的逼真。如约翰·班扬（John Bunyan，1628—1688）的《天路历程》（The Pilgrim's Progress）之类，读者读不上两页，就觉得这书中的事实是假的，兴致就索然了。所以"目的小说"的价值的低落，第一在真实性的缺少，就是不自然，第二在趣味的不浓厚，就是无维系力。

　　小说的生命，是在小说中事实的逼真，上段刚才讲过，那么纪实的新闻、精细的账目、说明科学的记载，从真实的一点上讲来，当然配得上称作小说，何以又没有艺术的价值呢？这一个问题的发生，是在把现实（Actuality）与真实（Reality）弄错了的原因。现实是具体的在物质界起来的事情，真实是抽象的在理想上应有的事情。以例来说，譬如一位母亲比儿子年纪大是真实，是真理，而实际上继娶的母亲是可以比儿子的年纪还小的，这是现实，是事实。真实与现实，若辨不清的时候，再以真理与事实来一比，就可以明白。真理（Truth）是一般的法则，事实（Fact）是一般的法则当特殊表现时候的实事。例如"人是要死的"是一个法规（A general law），是真理，而"今天午前李某人死了"是一宗事实，是这法则的特殊表现（A special manifestation）。所以真实是属于真理的，现实是属于事实的。小说所要求的，是隐在一宗事实背后的真理，并不是这宗事实的全部。而这真理，又须天才者就各种事实加以选择，以一种妙法把事实整列起来的时候才显得出来。新闻记事、流水账、科学书等之所以没有艺术价值，是因为它们的事实还没有经过选择，整列的方法还不对的缘故。照相的价值，任凭你照得如何像，总没有洋画那么大的原因，也是如此。

总之小说在艺术上的价值，可以以真和美的两条件来决定。若一本小说写得真，写得美，那这小说的目的就达到了。至于社会的价值及伦理的价值，作者在创作的时候，尽可以不管。不过事实上凡真的美的作品，它的社会价值，也一定是高的。这作品在伦理上所收的效果，也许不能和劝善书一般的大，但是间接的影响，使读者心地光明、志趣高尚的事情，也是有的。所以一眼看来，艺术作品好像和道德有不两立之处，但实际上真正的艺术品，既具备了美、真两条件，它的结果也必会影响到善上去。关心世道人心的人，大可不必岌岌顾虑，而小说家亦可不必想出法子来解嘲，如英国理查逊之所为。

　　小说的目的，在表现人生的真理，表现的材料，是一种想象的事实，而表现的形式，又非美不可的，我们现在已经达到了这一段结论了，底下想再把人生的真理是什么、表现的材料应该怎么选择、表现的形式的美应该是如何修饰的这三个问题来讲讲。

　　人生的真理是什么？这个问题，是一个很大的问题。不但是像我这样学识谫陋的人，在这一本小册子里，解决不了，就是世界的大哲学家，穷年累月地著几十部书，恐怕也还研究不出所以然来。因此我们对于这一个问题，不得不加以修正。在小说上所说的真理（Truth），是我们就日常的人生观察的结果，用科学的方法归纳或演绎起来，然后再加以作家主观的判断所得的一般公理。所以在小说上所表现的，并非是反常的。新奇的主张，也不是前不见古人，后不见来者的新发现。艺术所表现的，不过是把日常的人生，加以蒸馏作用，由作者的灵敏的眼光从芜杂的材料中采出来的一种人生的精彩而已。所以写在小说上的事实，是从世界上的万事万物里由作家的天才去剔抉出来的事实。并不是把烂铜破铁，一齐描写再现出来，就可以成小说，成艺术品的。自然主义者的所谓科学的描写方法的失败，就在这一个地方。他们主张完全灭却作者的个性，他们主张把观察的事实，毫无遗漏地报告出来。这种以科学者的态度而制造出来的作品，对于现实的把持，也许是周到得很，但是人生的真理，绝不是从这些肤浅的表面观察所能得到，正如一个人的灵魂，你不能从他的外貌服饰来猜度的一样。并且世上的形形色色，繁之又繁，你若专以外面的描写周到作为小说的最后目的，则任凭你作家的笔尖，戴有若干副显微放大的宝镜，也必有遗漏之处。即退一步讲，使你的目的达到，一丝不漏，毫不参加作者主观地把现实描写出来的时候，或者你自己以为这是理想的作品，但倘有人向你一问："我们何必要这种艺术呢？我们就即了现实来赏识赏识，岂不胜于你的艺术多了吗？"你将举何辞以对？自然主义者的谬论，谁也知道是不对的，我们在此可以不必再说，现在且进到第二第三个问题上去。

　　小说所表现的，是人生的真理，然而科学哲学所表现的，又何尝不是人生的真理呢？这两者的区别，究竟在哪里？是的，小说与科学哲学，在真理的追求这一点是相同的，其不同之点，是在表现的方法。哲学科学的表现，重在理智，所用的都是抽象的论证。小说的表现，重在感情，所用的都是具体的描写。所以小说里边，最忌作抽象的空论，因为读者的理智一动，最容易使感情消减。有人说 Henry James[①] 的小说难读，仿佛是和读哲学书一样，这绝不是对詹姆斯的诙奖之词。汉密尔顿教授，在他的定义里，特地把"使人生的真理，具体化于想象的事实的系列之中"提起来作小说目的的真意，大约也不外乎此。所谓"具体化"，所谓"事实的系列"，都是对一般青年喜作空洞无物的小说的忠告呀！不过前面已经说过，一宗事实，关系繁多，你要来描写，每苦不知从哪里写起。在这一个事实选择的关头，实在是作家的天才活动最要紧的时候，作品的好坏，作家的优劣，全在此处分的。严沧浪说："诗有别材，非关书也，诗有别趣，非关理也。"我们对于艺术的有没有天才，实在是不能以旁的方法来增损补削的。可是在一样的庸才之中，我们若能加以努力，虽不能妄冀天才之誉，然而相当的

---

　　① 　亨利·詹姆斯（1843—1916），美国小说家。

成效是能得到的。所以有志于创作的人，若苦于这事实选择的才能不足，可以在平时观察人生的时候，加以一点注意，常在心头留意着下列的几个问题：

"这一件事情的原因在哪里？"

"这事件的经过如何？"

"这事情的关键，在什么地方？"

"这事件和许多不相干的世上的事件，有一点什么联络？"

"假如换一个观察点来观察的时候，这事件在我们心里要起怎么一种作用？"

"这事件的结果如何？它的影响如何？"

上举的几条联贯起来，就是所谓 A series of facts[①] 了。一篇小说中间的事实，若不是 A series 的时候，那么读者的注意力不能集中，小说的效果就要减少下去。这些事情，当在下几章里再说，现在且把吉卜林（Kipling）平时用心的经验，在一首滑稽诗里写出来的话，记在下面，作一个参考：

I keep six honest serving‒men

（They taught me all I knew—:）

Their names are What and Why and When

---

① 英文，意即"事实的系列"。

And How and Where and Who.—①

最后，第三个问题，表现的形式的美，是如何的修饰的？这问题就是促小说技巧论发生的问题。一切小说的论文所讨论的，无非在小说的形式美这一点。不过本书不是讨论修辞学的书，所以关于小说的修辞一方面，只好略去，此外若小说的结构、人物、背景等，都是小说的实质上的根本问题，拟在下几章里，详细地讲一讲。

本章的参考书：

Clayton Hamilton: *A Manual of the Art of Fiction*.

木村毅著:《小说研究十六讲》。

Richardson: *Pamela*.

---

① 英文，可译为：

我拥有六个忠仆

（我所知的一切全是他们教的：）

他们名叫什么、为何、何时，

以及如何、何地、何人。

第四章　小说的结构

从本章以后，想把小说的形式美来解剖一下。一般的小说技巧论里，都把小说的要素，分成一结构（Plot）、二人物（Characters）、三背景（Setting）的三部。现在为叙述的便利起见，想暂且照了这一个次序讲下去。

小说里头所写的，无论如何，总是一宗事件。不过小说家对于这一宗事件，有深刻的观察，对于和这一宗事件有关系的种种情节，有取舍的明辨，并且对于许多前因后果，有一贯的思考。把这些事件的要点，有系统地写下来，使在这事件背后的真理，容易被一般人所认识，是小说的目的，也就是小说家的本分，这是在前一章里说过的大意。现在我们若单把这"事件"拿出来解剖解剖，那么至少可以知道这事件的成立要素有三种。第一，就是这事件的事实，依吉卜林的六个问字来说，就是 What and How 的主体，平常就是叫它作行为（Action）者是。第二，既是一种行为，那么必有为此行为的人，Who 的问题就发生了，平常都叫它作行为者（Actor），在小说里，就是主人公和人物。第三，若要把这行为的真实性确立，非要将此行为起来的时间地点，详细地知道不可，这就是 Where and

When 的问题，在小说上即所谓背景（Setting）者是。事件的起来，必定要这三种条件具备才可以。天下的事件，大抵都具此三种条件，而具此三种条件的事件，却不是都可以拿来做小说的材料的。

又有许多事件，本来很可以做小说的材料，然而于上举的三种条件里，偏有缺少一条两条的。在这样的时候，小说家就非要第一用他的眼光来加以选择，第二用他的想象来补足不可。小说的结构，就是指这一个时候的小说家的活动而言。

现在且把第一种小说家从许多杂乱的世事里，选择出材料来的过程来说一说。史蒂文森（R.L.Stevenson）在一篇论文《谦虚的抗议》（*A Humble Remonstrance*）里说："总之，小说并不是人生的精细的誊写，小说是人生的侧面或一角的单纯化。虽则大作家于捉住大动机而创作的时候，我们所赞佩的，大抵是他们的作品的复杂，然而归根结底，我说的真理还是不错的，他们的佳处就在他们的单纯化。"作家的对于杂乱的事件的选择作用，就是这一个史蒂文森所说的单纯化（Simplification）。不然一个作家就是一天二十四小时里，遇见和想到的事情，也有几千几万，又何从选择起呢？高明的作家，是在他的能把复杂的事件，化作单纯，把不必要的地方，一例删去。眼光常是注意在一个目的点上，使前后的理路，不至于没有系统。全篇的一字一句，也必须是对于这目的点有用的，才敢下笔，否则宁缺毋滥，不能在整篇的创作上，多插一句无益的废词。这目的点的确立、前后系统的保持和单纯化，就是在前章里所说的"想象的事实的系列"的真义。

第二种作家的活动，就是当一宗事件的条件不足，作家非要想出法子来补足它不可。史蒂文森有一次对他的传记作者巴尔福（Graham Balfour）说："写小说有三种方法：第一，或者你先把结构定了，再去找人物。第二，或者你先有了人物，然后去找于这人物的性格开展上必要的事件和局面来。第三，或者你先有了一定的氛围气，然后再去找出可以表现或实现这氛围气的行为和人物来。"史蒂文森的这一段话，实在是老作家的经验之谈，我们平常写小说的时候，一件事的三种条件具备，完完整整地涌到我们眼前来的事情，究属少数，大抵是脱不了史蒂文森所说的三种意境中的一种。或者结构，或者人物，或者背景，必先在我们的脑里酝酿很久，然后灵思一动，妙想天来，再拿起笔来写，就一泻千里地写得成功了。总之，无论你的结构中三条件哪一条先有，作者当拿起笔来写的时候，必须把全事件的经过，完全在心中布置好才对。我们拿起一本小说来念，能够一步一步地跟随作家进行，以及虽则不知道结局如何，然心里却十分信赖作家的原因，就是因为我们预想作家当拿笔写的时候，胸中已先有成竹，绝不会欺骗我们的缘故。

　　小说结构的最简单的，就是只用一个人物，单描写他或她一个人的性格的开展。或者就事件而论，单叙一件事情，从原因到结果，一直地平叙下去。不过这一种单纯的结构，虽有在论理上得保持明晰的好处，但以之表现复杂的人生，究竟觉得太简单。在这一个地方，可以救这单调的弊病的方法，就是偶然事变（Accidents）的引入。这一种偶然事变，引入平稳的事件的进行上来，一见好像是有使这事件中止或延长之危险，但实际上反可以使事件间接地进行更速的。这一种手法，在美国霍桑（Hawthorne）的一篇短篇 *David Swan*[1] 里头，就可以看出来。年轻的大卫在路旁树荫下睡了一觉午睡。实际上就只有这一觉午睡，可以记叙的。不过单说大卫睡了一觉午睡，未免太简单了。所以在他睡着的中间，霍桑又创造了三个人来打诨。第一个可以使他富，第二个可以给他爱，第三个可以致他死的，然而实际上却什么事件也不曾起来，他一睡醒来，就擦擦眼睛走了。像这样的，使许多单纯的事件，前后一贯地在一个人身上，或一种论理的方式里进行的小说，西洋叫作 Picaresque Romance[2]。因为这体裁发源于西班牙，老使一个凶

---

① 　《大卫·斯旺》。

② 　流浪汉传奇故事，即流浪汉小说。

汉（Picaro）做主人公，叫这主人公似断似连地演出许多各自成一篇小说的冒险或别的行为来。这一种小说的好例，是法国的《吉尔·布拉斯》，近代作家吉卜林的《基姆》（*Kim*）也可以说是这一种结构。

但是这一种单纯的结构，实在不是小说论里所论的结构的代表。要晓得西洋的 Plot 这个字，有织合拢来的意思，所以要说到结构，小说里至少总须有两宗事件的系列才行。或者写两个性格，如一男一女之爱情，或者写两个不同的性格，如 George Eliot 的 *Silas Marner*[①]，中间的厌世者 Marner 和少女 Eppie 的交涉感应之类。现在一般最流行的三角关系，也是使小说的效力增加的一种最好的结构法。例如 Miss Wilkins 的一篇小说 *A New England Nun*[②] 的女主人公 Louisa Ellis 和她的婚约者 Joe Dagget 两人各守了十五年清白。后来正在将要成婚之前，女人知道男人有了另外的爱人 Lily Dyer 了，就很高尚地让他们结了婚，自家却过了一世尼僧似的生活之类，实在是很有效力的结构。不但如此，复杂的结构，就是五列六列的事件系列，都可编合在一处。起头不妨各自分开，后来可以渐渐使它们纷望错合，终至于结到一个最后的大结末的。

---

① 乔治·艾略特的《织工马南》。

② 玛丽·韦金斯·弗瑞曼的《新英格兰的修女》。

例如 Dickens 的 *Our Mutual Friend* ① 里，有七十五个人物，Thackeray 的 *Vanity Fair* ② 里有六十个人物之类。这些于正事件正角色外，作陪衬的角色事件，在西洋的小说论里，叫作 Subplot③。

小说的结构，和戏剧的也差不多。它也可以分作起头、纷杂、最高点、释明、团圆的各部。不过小说系平面的艺术，次序可以不顾。并且近代的性格小说、心理小说里，大抵都没有团圆的一幕，不使事件有一个结局。至于小说的最高潮点（Climax），是不是必要的结构，也还是一个疑问。然而无论如何，当小说没有完结之先，要想出法子来使读者起一种期待焦躁之情，却是很有效力的方法。这一种方法，在西洋的小说论里，叫作 Suspense④。有时候故意使单纯的事件纷杂错综起来，然后再加以释明，读者的心里，因此一起一伏，倒能得到快乐，这也和利用 Suspense 有一样的效力。

至于叙述的方法，也有从结果叙起，渐渐地将原因解剖出来的；也有从原因写起，渐渐地引到必然的结果上去的。或者顺叙，或者倒叙，或者顺倒兼叙，都不要紧，只叫使事件能开

---

① 狄更斯的《我们共同的朋友》。

② 萨克雷的《名利场》。

③ 英文，意即"（小说等）次要情节"。

④ 英文，意即"悬念"。

展，前后能一贯就好了。

关于小说的结构，实在不是仅仅在这样的一本小册子里所能详论得了的。现在想将结构的事情暂止于此，底下的两章，预备把人物和背景来说一说。

本章的参考书:

C.Hamilton: *A Manual of the Art of Fiction*. Chapter IV.

Bliss Perry: *A Study of Prose Fiftion*. Chapter VI.

R.L.Stevenson: *A Humble Remonstrance.*

第五章　小说的人物

Henry James 在他的一本 *Partial Portraits*[①] 里，有一段关于俄国作家屠格涅夫的话："在他，一篇小说的胚胎，并不是结构，（结构他是不管的）是几个人物的显现。"（"The germ of a story, with him, was never an affair of plot—that was the last thing he thought of: it was the representation of certain persons."）据詹姆斯说，这一段话是屠格涅夫关于他自家的小说的话。从此我们可以得到一个证实上章史蒂文森所说的话了。本来小说里的事件，都系由人演成的，人物当然是小说中最重要的要素。不过我们第一在此处要解决的问题，就是小说家究竟从何处去找出这些小说中最重要的人物来呢？

小说家的人物的来源可分三种。第一，是由他自家亲眼观察得来的。第二，是听见人家说，或者在书报上看来的。第三，是由他的想象所造成的。不过小说家在小说上写下来的人物，大抵不是完全直接被他观察过，或间接听人家说或在书报上读过的人物，而系一种被他的想象所改造过的性格。所以作

---

① 亨利・詹姆斯的《局部画像》。

141

家对于人物的性格心理的知识，仍系由他自家的性格心理中产生出来的。

作家对于他自家的人物的态度，也有两种。若司各特及其他的许多浪漫的小说家，对于他们自家的作品中的女主人公，显然有五体投地的一种崇拜狂。反之，若福楼拜、莫泊桑、斯特林堡等，都取一种自高处对作中的女人在那里下瞰的态度。福楼拜的女人心理的解剖，简直可以说是一位残酷的生物学家，对他的试验材料所作的行为。斯特林堡的女人诅咒，也是显而易见的。不过处于这两者之间，与作中的人物，立在同等的地位，时时不惜以满腔的同情相向的作家也有。作者对于他自家的人物的这一种的同情，原不可没有，然而偏向的结果，也有把好小说弄坏的，不可不加注意。

作中的人物，对于读者特别有维系力的原因，有下列的几种：第一，劳力的经济。我们在实际社会上，所遇见的朋友，究竟有限。并且在实际社会上的朋友，大抵以限于与我们的地位性格相同者居多。而在小说上则无论哪一阶级、哪一种类的男女，在极短的时间内，多可成为朋友。第二，私生活的洞见。读小说的第一心理要件是好奇心，我们当交一个新朋友的时候，这好奇心也在活动的。然而我们对于实际社会上的朋友，不能单刀直入地问他的私生活，而在小说上，则半日之间，这个人物的内部生活和私生活，都能一丝不挂地呈露在我们的眼前。第三，因为作中的人物大抵是典型的人物，所以较之实际社会的人物更为有趣。这"典型的"（Typical）三字，在小说的人物创造上，最要留意。大抵作家的人物，总系具有一阶级或一社会的特性者居多，例如 Don Ouixote 系具有梦想家的特性的代表，Hamlet 是怀疑者的代表，Tartuffe（莫里哀的喜剧中人）是伪善者的代表之类。作家的人物，正因为具有这一种 Typical Traits of Characteristics[①] 的原因，才能使大多数的读者对作中的人物感着趣味。但这一种代表特性的抽象化，化得太厉害的时候，容易使人物的个性（Individuality）失掉，变成寓话中的人物，如班扬的《天路历程》里的 Christian，Hypocrite 之类，或变成一种 caricature，使读者感不出满溢的现实味来，这一层是小说家创造人物最难之点，也是成功失败的最大关头。

小说中人物的性格，有单纯的复杂的或静止的开展的（Stationary and developing characters）两种。前者在一篇小说之中，自始至终，毫无变化开展，而后者则因四围的境遇和自他的意志的影响，不断地在那里进变消长的。例如《红楼梦》的黛玉的性格是前者的代表，Mrs.Craik 的 John Halifax[②] 和 Don Quixote 等的性格是后者的好例。

---

① 英文，意即"有显著特色的典型特征"。
② 克雷克的《绅士约翰·哈利法克斯》中的主人公。

描写人物的性格，有直接描写、间接描写的两种。第一种直接描写，作者系立于读者与人物之间，作一种正直的报告，与照相者的摄影完全一样。第二种间接描写，作者不露原形，烘云托月，使旁的作中的机会人物，将主要的人物的性格报告给读者。这两种写法，各有各的好处，不必拘于一方，现在把它的内容再来仔细分析分析。

第一，直接描写，方法又有数种：

A. 注解法（Exposition）：这是直接描写法里头最普通最幼稚的一种手法。系将人物的特性，由作者任意地施以注解说明的。例如高尔斯密的《威克菲尔牧师》的起首一章，就是作者假了牧师的口吻，说明他自家的意见特性，使读者读了第一段就可以了解牧师的行为偏见的。这一种描写法，有简练痛快的好处，然而容易流为抽象的哲理和无实感的空言。

B. 描写法（Description）：描写法比注解说明，更具有具体的实感，不过用之过多，容易使读者生厌恶之心。司各特的作中人物，当上场之际，从头上描写起，一直要写到脚上。有时候还觉得不够，连这一个人骑的马和拿的枪，都要描写半天，这一种描写，未免太冗长了。不过一个人物的面貌服饰、行动姿势，有时候却非描写不可的。像这样的时候，只须轻轻淡淡地点写几笔，恐怕效力反而更大，这一种手法，当推俄国的屠格涅夫为世界第一。

C. 心理解剖（Psychological Analysis）：心理解剖为直接描写法中最有用之一法。要明示人物的性格，随时随地，把这一个人物的心理描写一点出来，力量最大。近来像法国的布尔热（P.Bourget）等，完全以这一种手法在作小说。不过这一种方法，也有内的描写和外的描写的区别。我们的心理，有时候有表现上外面的行为动作上来的，这一种是外的心理描写，有时候我们有一种感情思想，不过在我们的内心经过而不表现到外面来的，这是内面的心理描写。内面的心理描写比外面的描写难一点。因为人的心理复杂混乱，不容易寻出下笔的线索，描写得过多，又有使读者容易起幻象消灭的反感。俄国作家陀思妥耶夫斯基还不能免掉此等缺点，我们初学者当然是更难以下笔了。

第二，间接描写，里边也有几种不同的手法：

A. 言语（Speech）。一个人所讲的话，最足以使他的性格全部流露出来。西洋的小说作家，对于会话一面的艺术的进步，自可以不必说了，就是我们中国近代的狎邪小说《海上花列传》里头，也有许多会话很巧妙的地方。其例举不胜举，暂且略去。

B. 行为（Action）。一个人的行为，可以表现性格，在前段心理解剖的内的描写里，曾经约略地讲到一点过。现在但举一个例出来，就可以明白。例如《儒林外史》里的一位公子请客，省下了几合米来，他一定要问厨子要了来，用手巾包包，带回家去。这公子的寒酸特性，经这一番的描写，不是如同图画似的明显了吗？

C. 给予其他人物的反应（Effect on other persons）。他人的对人物的言语行动，可以作这人物的反射镜，当然是可以不必说了。譬如你上街去走一遍，大家都对了你笑，那么你的表情必定有点滑稽在那里。例如荷马的《伊利亚特》的第三卷里（The third book of Homers *Iliad*），特洛伊（Troy）平原上，一时休战的条约成立，城中的父老，从斯堪亚门塔（The tower of Scaean gates）中，在那里举目凝望，一边在默想这十年来的战况和他们的战死的儿孙。忽而远远走近他们身边来的是白衣雪腕的海伦姬（Helen）。他们互相觑视，虽则悲愤填胸，然也不得不发出这样的叹声来：

    Small blame is theirs，if both the Trojan knights

    And brazen-mailed Achaians have endured

    So long so many evils for the sake

    Of that one Woman.

                    —Bryant's Version[1]

---

    [1]   美国诗人布莱恩特的译文。

（难怪难怪，为了这一个娇美的人儿，那些特洛伊的武士和铁铠缠身的亚加亚人，长年地忍苦含辛，战征在外。）

从这一段话里，我们不是可以不言而喻地知道海伦姬的美了吗？

D. 环境（Environment）。人物的性格，不知不觉地反射在他周围的环境上的事情，是大家也承认的。例如你进一间小小的书房，看见桌上有些教科书、钢笔和初级的杂志放在那里，你就可推想这书房的主人，是一位什么程度的学生。所以人物的间接描写，在环境描写上，也可达到目的。不过这一层是关于小说背景的事情，当在下一章里再说。

第三，人物描写上，还有一种常用的方法，就是对称（Character contrast），譬如陀思妥耶夫斯基的《卡拉马佐夫兄弟》（*The Brothers Karamazof*）一书里，同是一家的弟兄，而性格的善恶，竟会相差得如此之远。这一种方法，在中国也时常有人用的，譬如《花月痕》里的韦痴珠，作者想使他表现得格外清苦，就设出一个韩荷生来作比，使读者对照之下，愈可觉得主人公的性格的离奇。

本章参考书:

C.Hamilton: *A Manual of the Art of Fiction*. Chapter V.

Bliss Perry: *A Study of Prose Fiction*. Chapter V.

第六章　小说的背景

我们在第四章里，有一段记史蒂文森对他的传记作者说的话，这话的末段，还有几句说："我可以给你一个例，我的 *Merry Men* 就是。我先感着一种苏格兰西海岸的一小岛的情趣，在胸中缭绕，然后渐渐作成了那篇小说来表现这一种情味。"（"I'll give you an example—*The Merry Men*. There I began with the feeling of one of those islands on the west coast of Scotland, and I gradually developed the story to express the sentiment with which the coast affected me."）*The Life and Letters of R.L.Stevenson*, by Graham Balfour[①]。这是史蒂文森述他自己的经验的话。的确我们有时候读到如法国洛蒂（Pierre Loti，1850—1923）的《冰岛渔夫》（*Iceland Fisherman*）、俄国托尔斯泰的《战争与和平》（*War and Peace*）等小说的时候，觉得在作中的人物及这些人物的动作以外，另外还有一种趣味。这一种趣味大约是从这些小说的背景上来的。背景两字，外国书里都用 Setting。然而实际上与我们平常用的

---

① 　G.巴尔福的《史蒂文森的生平和书信》。

149

Environment 或 Background 也差不多。

　　作家的背景的出处，也和他的人物的出处一样，或者由他的观察得来，或者系耳闻之他人，或者从书报上念过，或者竟完全由他的脑里想象出来。托尔斯泰的 *Sevastopol* [①] 系他的克利米战争的回忆，布莱克莫尔（Blackmore，1825—1900）的 *Lorna Doone* [②]（1869）系他的 Doone 地方观察的结果。不过无论哪一本小说里的背景，从没有完全和实在的背景一样的。作家的想象，大抵对于一个背景创造的时候，总要费许多组合和分割的劳。如有不足的地方，他要设法增加；如有不合用的地方，他要设法裁减。

　　当没有讲到小说的背景之先，我们想把近代绘画的背景来考查一下。原来古代的画里人物的背景是完全没有的。罗马废墟里的壁画、意大利的绘画的始祖 Cimabué [③]（1240—1302？）的作品等，都是如此的。到了 Cimabué 的弟子 Giotto [④]（1266？—1337），虽则在背景上用了一点意，但是远近的配置和气势的熏染等，完全还是没有。所以在这绘画发达的第一期里，背景对人物是完全没有什么意义的。到了第二期，意大利

---

① 托尔斯泰的《塞瓦斯托波尔故事》。
② 布莱克莫尔的《洛娜·杜恩》。
③ 契马布埃，意大利佛罗伦萨最早的画家之一。
④ 乔托，意大利文艺复兴初期的著名画家、雕塑家和建筑师。

的绘画发达到了极点，背景才和前面的人物发生起关系来了。如列奥纳多·达·芬奇的《蒙娜丽莎》（*Mona Lisa of Leonardo da Vinci*）里，就有一个昙天的背景，背后渺渺茫茫，看得出些岩石远景来。不过这一期的背景，还不过是画家偶尔设计的时候增加上去的一种装饰，与前景的人物，还没有发生什么有机的关系。到了第三期，我们近代的画里，背景却变成了绘画的生命的一部分了。诸君大约在卖照相的店头，总已看见过法国的农夫画家米勒（Jean-François Millet，1814—1875）的《晚钟》（*Augelus*，1859）和《播种者》（*Sower*，1850）的复制。《晚钟》的前景的两个人物，为什么要拱着手，低着头，面上表现着和平和热爱的表情，在那里默祷呢？这一幅画的背景，若没有荒凉的这一块大平原，若没有阴沉的日暮的天空，若没有地平线上远远的一个教会堂的尖顶在那里，那这画的情趣要减少十分之七八。《播种者》也是如此，播种者的身上脸上的一种倦累之情，与他的背后周围的和平的暮天野景一对照，就觉得这画的全部，处处在脉动了。近代的绘画，可以说幅幅是如此，不单是米勒一个人的作品而已。小说上的背景的发达，也和这绘画的背景发达的路径差不多。古代的传说神话里没有什么背景，是谁也知道的。中世薄伽丘的《十日谈》里虽有时候有一点背景，然而和作中的人物及事件，仍没有什么大关系的。中世以后，十八世纪以前的那些作家，虽对于背景稍稍留意，然而也不过是一种作品中的装饰而已。十八世纪的后半和十九世纪以后，小说的背景就和小说的人物、事件一样的重要起来了。

背景对小说的功用，可分两种。一、补助事件的背景。二、补助人物的背景。背景补助事件的手法，最初应用者为《鲁滨孙漂流记》的著者笛福，他著的一本 *Captain Singleton*[①] 里头，有一段记风雨之夜，猛兽袭来的情景（原文太长，略去），真令读者毛发悚然，宛同身履其境，在与作中诸人共患难的样子。当然他的一代名作漂流记的事件，一大半也系受背景的补助的。近代的小说家的利用背景，大抵是把背景拿来补助人物，例如俄国陀思妥耶夫斯基的小说《罪与罚》及德国赫尔曼·巴尔（Hermann Bahr，1863—1934）的小说《好学校》（*Die güte Schule*）等，则主人公周围的事物，简直是主人公的性格的一部分了。（前章人物性格的间接描写 D 项中，也曾说及。）

自从文艺复兴以后的科学精神，浸入于近代人的心脑以后，小说作家注意于背景的真实现实之点，很明显地在诸作品中可以看出。就是荒唐的乌托邦作者，也要顾到时间、空间的关系，不敢使牡丹与梅李同开，天仙和凡人结义了。所

---

① 笛福的《辛格顿船长》。

以近代小说中背景发达得最盛的，是小说的地方色彩（Local colour）。哈代（T.Hardy）翁的惠塞克司（Wessex）、吉卜林的印度殖民地、康拉特的海洋、小泉八云（Lafcadio Hearn）的日本，是大家所熟知的。至于德国在前二十年盛行的乡土艺术（Heimatkunst）的诸作家，更把他们故乡的风物，描写得无微不至。他们的小说，差不多有人物和事件，系为背景而存在的倾向了。

近代小说里的背景和人物的关系，最显而易见的，是这些人物的职业身份和社会制度的背景（Human occupations and social institutions in the setting）。英国的作家如 Trollope[①] 的小说里，写了许多英国的政治和僧侣生活在那里。美国的 Upton Sinclair[②] 的小说是大都会的贫民窟的写照。此外如中流阶级的生活、商人的生活、卖淫妇的生活，在近代小说里，一半都是在人物性格上刻画，一半是在背景上表现的。在性格小说中，决定人物的性格的背景，尤其是指不胜屈。

从上面讲过的地方看来，小说的背景，是如何的可以左右事件的进行，又如何的可以决定性格的发展，已无疑问了，现在且把自然风景和天候，在小说背景里的效力讲一讲。

小说背景的中间，最容易使读者得到实在的感觉，又最容

---

① 特罗洛普（1915—1882），英国小说家。

② 辛克莱（1878—1968），美国小说家。

易使小说美化的，是自然风景和天候的描写。应用自然的风景来起诱作中人物的感情的作品，最早的还是卢梭的《新爱洛伊丝》（*The new Héloise*，1760）。在这本小说里的山光湖水、天色溪流是随主人公的情感而俱来，使读者几乎不能辨出这美丽的大自然是不是多情多感的主人公的身体的一部分来。其后法国的一批后起的作家，随了卢梭的后尘，把小说中风景描写的艺术，弄得日进一日。我们但须把 Chateaubriand、Victor Hugo、George Sand、Balzac、Maupassant、Loti 等 [1] 的小说翻开来一看，大抵没有一本里不能找出几段很美丽的风景描写的。不过这一种描写，在英美的十八世纪后半，十九世纪初期的作家中，尚不多见。自然描写的复兴，在英国是从自然诗人 Wordsworth[2] 的诗出来以后起的。现在英国的作家中，对自然的描写，收成效最大的，要推那 *The Return of the Native* 和 *Tess of the D'Urbervilles* 的作者 Thomas Hardy[3] 了。在自然风景的描写上，占重要的地位的，是天候和时节的观念。我们人类的感情，在晴天有晴天的特相，雨天有雨天的气象。自然风景也有春夏秋冬的不同。午前午后，薄暮深宵，主人公的气质，也各有变化。像这些变化不同的时节的光景和千差万别的

---

① 夏多布里昂、雨果、乔治·桑、巴尔扎克、莫泊桑、洛蒂。
② 华兹华斯（1770—1850），英国诗人。
③ 《还乡》和《德伯家的苔丝》的作者托马斯·哈代。

风景的推移，能够深深地观察，绵密地描写出来，那么这本小说的人物事件的结构，暂且不问，就单从风景描写上说来，也不失为一本最上乘的小说。

背景的风景及天候、作中人物事件的作用，有调和与反衬的两种。譬如我们描写一对年少的恋人，在一个和暖的春日，乘了惠风赤日，在百花缭乱的山野里闲游，那么这时候的背景，有花添锦上，具四美，并二难之功，这一种自然风景，是与作中的人物事件调和的。还有一种写法，譬如像这样的春天，年轻的恋爱者，一对对地在那里寻欢作乐，而道旁有一个破衣丑貌，在那里对花溅泪的穷人，这时候的自然风景，分明是在嘲弄这穷人的。这一种背景，在小说上也很有效力，这效力称为反衬的效力。俄国的屠格涅夫，最善用这两种方法，我们若欲修得这种描写的秘诀，最好是取屠格涅夫的《罗亭》（*Rucdin*）和《烟》（*Smoke*）来一读。

最后，背景的用法，不管你正用反用，总之要保持小说全篇的统一（Unity），不可使一个地方，生出两种不同的色彩来。背景的效用，是在使小说的根本观念，能够表现得真切，是在使主题增加力量，是在使书中的各人物，各就适当的地位。并非是专为卖弄才情，徒使一篇小说增添一点美观而已。

本章参考书:

Bliss Perry: *A Study of Prose Fiction.* Chapter VII.

Hamilton: *A Manual of the Art of Ficlion.* Chapter VI.

（原载《小说论》，1926 年 1 月上海光华书局初版）

小说的技巧问题

　　小说的定义起源等问题，我已在一本小册子里写过一点，此处不再说了，现在想把一般研究者对于小说技巧论的两种不同的见解批评介绍一下。

　　对于小说的技巧论的成立，有两种极端相反的见解。（一）有许多创作家和天才论者多主张技巧论是灵感的蟊贼，文学的产生，完全须由灵感之催促，不能讲什么技巧不技巧。（二）有许多商业化的作家，专主张以技巧来裁制小说，结果就造成一种小说的公式。

　　上举的两种见解都不十分完美，因为第一，全凭天才的灵感来创作，在理想上原是说得过去，可是世界上的天才，绝没有那么多，而天才的灵感，又不是时时刻刻有的。第二，小说并不是自然科学，它的主要内容，还是人类的心理、社会的情状等，变化极多，绝不是用几个公式可以包括得了的。

　　那么我们在这里所要讲的技巧究竟是什么呢？简单一点的答复，我们可以说：真正的小说技巧，并无所谓公式一类的东西，我们所说的技巧，倒是指一般的原理和观念而言。

为解释这技巧两字的意义起见，我们不妨先把小说家所要作的小说全部拿来观察一下，或者可以反证出这技巧两字的意义来。

大约一篇创作，总系由下列的三要素合成：

（一）作者想传述的事情，就是小说的内容材料。

（二）作者的技巧，就是作者如何地把内容材料取舍排列组织的工作，也有人称作结构或设计的。

（三）文体，作者的使用文字的体气。

上述三种要素中，第一内容材料，是很明了的。作者若没有什么材料，没有什么话可以说，那么一切的问题当然不会发生，你不能硬地给他些材料。第三的文体，也是没有法子的，法国的批评家布丰（Buffon，1707—1788）有一句话说"Le style est l'homme mémé"（文者人也），所以文体是不能用旁力来左右的。

只有第二种"技巧"，是可以用方法来修炼的一种技术，据柏拉图（Plato，前427—前347）在他的对话里说，Technique 就是 Craftsmanship，就和泥水木匠的技术一样。可是这一种技术，要有两种物事具备才发生效力，一是材料，二是目的。总之你有了一种材料的时候，若想利用它来作成一种新的存在，那么技巧问题，当然不知不觉在你考虑之中。当这时候，成问题的，只是你想用哪一种技巧，甲或是乙？好的或是坏的？散漫的或是紧密的？等等。

有人主张说，技巧是不能学习的。因为它不容易了解。对此疑案，有两位哲学家的话，可以拿来作答：

杜威在他的 *Human Nature and Conduct* [①] 里说："生活和艺术，都有一种机械的性质……艺术家的训练，当初不外乎机械的练习。到后来这一种机械的练习，偶尔和情操、想象结合起来，就可以成为艺术家的心灵的器具。"

柏格森在他解剖创作家的心理的时候说："气质和想象原是紧要，但没有相当的技巧供他使用，也不能产生出有价值的东西来。……灵感对诗人，并不能供给诗人以诗律和音韵。诗人的问题是在当他找出诗律和音韵来的时候，不失掉他的灵感。他若有驾驭技巧的能力，就可以自由自在地运用他的人格，志记他的灵感……"

不过实际上是有一派人把死的工具拿来当作技巧看的，这就是惹许多人嘲弄小说技巧论的原因，也就是许多创作家和天才论者的打破技巧论的根据。

----

① 《人性和行为》。

我们应该知道，各种艺术里，都有两种技巧，（一）系材料的技巧，（二）系工具的技巧。以绘画音乐来和小说比较的时候，这两种技巧的区别更加明显：

艺术	材料	器具	技巧	
			材料	器具
绘画	色、形	笔、颜料、布等	光线、远近、解剖等	用笔法、调色法等
音乐	音、调律	钢琴、提琴等	谐声、音响等	按琴、调指等
小说	人生、行为、纠葛	字、句、文章、节等	人的心理行为的知识、社会的关系、事件、地方等	文法、修辞学、拼字等

小说的技巧，之所以被人家误解，是因为小说材料的技巧的根本科学，不早发达；我们从上表可以看出，绘画的根本科学是解剖、物理、化学。音乐的根本科学，是物理和数学的应用。这些科学，在希腊文化极盛的时候，早已被许多哲学家研究得很热闹了，而小说的基本科学的心理学，却一直到了前一世纪，方才确立，然而它的全部的研究，还有待于将来呢。

小说的技巧，之所以被人家误解的，还有一个原因，就是因为绘画、音乐的材料，不过是物理学上的声学光学的应用和数学上的远近比例的计算，这些都很简单，没有像小说材料那样复杂。并且颜色、音声、空间的形线等，都有实体，可以被我们测量试验，而小说材料的本能、冲动、感情、病的欲望等等，却是捉摸不到，不可以衡轻论重，截长补短的。

小说的技巧，虽则因为它的材料的复杂，不容易研究，然而我们初学者，却不能望洋兴叹，畏难而退。我们若不想研究则已，若一定要研究的时候，可先从研究人的心理入手。情感的长成变迁、意识的成立经过、感觉的粗细迟敏，以及其他一切人的行为的根本动机等，就是我们研究的目标。

小说家的研究心理，与哲学家的研究心理不同。哲学家的心理研究，目的在发现一般的原因，而小说家的研究心理，目的不外乎想创造一种印象很深的图形出来。所以这两种人所研究材料虽则一样，但小说家所用的方法，我们想继续着慢慢儿解释下去，此处不说了。

本篇系由 Thomas H.Uzzell's *Narrative Technique*[1] 的绪论中抽译出来。

（原载 1927 年 2 月 20 日《洪水》半月刊

第 3 卷第 27 期）

---

① 托马斯·乌兹的《叙事技巧》。

现代小说所经过的路程

　　小说已经有五六百年——好奇的考古学家，每在主张着说，三千年前已经有了小说这一种著作了——的历史在它的背后，所以它的进化转变成今日的状态，也绝不是偶然的事情。

　　尤其是在文化最古的中国，汉时（在西历纪元以前）已有稗官之设，使采取闾巷的细言。至于小说的最初渊薮，更可上溯至《楚辞》的《天问》及《山海经》等篇，年代更加荒远了。但古时中国的小说本来就不为儒家所重视，朝廷士大夫，尤不屑称道，以为是"街谈巷语，道听途说者之所造"。而一般小说作者，也就易避难，自甘菲薄，既无刻苦振作之心，又每具琐碎因循之习，所以从来中国的所谓小说家者流，所记缀者，大别不外乎两种：（一）系叙述杂事琐语的，如《西京杂记》《朝野金载》之类；（二）系记录异闻怪事的，如《山海经》《海内十洲记》之类。其后的许多笔记小说，就系这两种东西的混血儿，这些都是不具近代小说的体格的东西。及宋代的平话及通俗小说本出来，由元历明，叠出了《水浒传》《三国演义》《西游记》等巨著，到了清朝，更出了吴敬梓（《儒林外史》）、曹雪芹（《红楼梦》）这两大天才，创造成中国小说史上的一个黄金时代，于是小说的体制，才算完备，而现代小说的雏形，也就此铸就了。

我觉得中国小说的典型，总逃不出五种大小说的范围。第一，宋代平话京本通俗小说，是短篇小说的楷模，《今古奇观》之类，完全仿此。第二，《水浒传》的叙事及性格描写，是历史及社会小说的祖宗，《三国演义》《岳传》等类，完全是模仿它的，刘备就是宋江，张飞、牛皋就是李逵。第三，《西游记》，当然是神怪传奇小说的先驱，《封神传》《镜花缘》之类，就是它的后嗣，虽则它的人物性格，多少也是模仿《水浒传》的。第四，《儒林外史》，是写一般社会状态，尤其是描写知识阶级及土豪劣绅阶级的一部百科全书。《金瓶梅》中之除去性交形状描摹以外的记述，虽然是和《儒林外史》有点相像，但两书的重心着力点完全不同，所以《老残游记》之类，毕竟是《儒林外史》的后继者，而不是受着《金瓶梅》的影响的。第五，《红楼梦》，中国的言情小说，除此而外，更没有再伟大、再完备的小说了。上述的《金瓶梅》等，却是另外的一种性质，当然是又当别论，自清朝乾嘉以后，一直到新文学兴起已经有十余年的现代，我们且看看鸳鸯蝴蝶派的小说还在那么流行，这岂不是《红楼梦》的绚烂的余晖吗？至如模仿《红楼梦》到了十分，非常显而易见的言情小说如《品花宝鉴》《花月痕》之类，则更加可以不必说了。去年曾有一位研究中国小说的外国文学者来问道于盲，要我举出中国小说的几部代表作品来告诉给他，我就毫无踌躇地举出了上述的五部。

中国的小说，到了清朝，已经是极盛了，但其后又因为皇帝及士大夫的封建观念的陈腐，而朝廷的奖励又偏于八股时文及载道的圣经贤传，所以清自中叶以来，二百余年，小说就只落在一班轻薄文人的手里。到了晚清末季，则更是鸳鸯蝴蝶，只作为文丐文娼的糊口索诈之资，作品的卑污恶劣，愈趋愈下，简直是谈也无从谈起了。

一九一二年民族革命军兴，推翻了清朝的帝制，中国的上下，才宽了一宽眼界。三五年后，于社会组织、社会风习，略变了一变式样之余，新的潮流，就从欧洲、美国、日本等处汹涌而来，于是在思想上一向抱着闭关自守的精神的中华民族，也不得不振作起来，转换方向。自此以后，中国的思想界便加入了世界的联盟，而成了受着世界潮流灌溉的一块园地，所以中国现代的真正文艺复兴，应该断自"五四"运动起始才对。正唯其如此，故而目下我们来论述小说，也应该明白了西欧小说的古今趋势，才能够说话，因为现代的中国小说，已经接上了欧洲各国的小说系统，而成了世界文学的一条枝干。

欧洲的近代以及现代的小说，大别起来，也不外乎两种。一种是只叙述外面的事件起伏的，如塞万提斯的《堂·吉诃德》（Cervantes' *Don Quixote*）就是这一种小说的先例。（中国向来的小说，除出几部特异者外，都是属于这一系统的作品。）这小说的第一部，出在一六〇五年，第二部于一六一五年出来。里面所描写的是西班牙拉曼查（La Mancha）的一个村落里的一位性质善良、头脑简单的绅士。他读了许多关于中世武士的义侠的小说，遂受了这些小说之迷，竟穿起了一套旧时武士的甲胄，骑上了一匹名叫罗西南多（Rozinante）的羸马，而出去巡行，追寻着时代错误的古代武士的经历，自命曰：拉曼查地方的堂·吉诃德。因为武士必须有一个爱人而去为她冒险，所以他择定了一位由他命名作杜尔西内娅（Dulcinea）的理想中的美人作他的巡历的目标，而以一位无智的忠实的乡农桑丘·潘沙（Sancho Pansa）为他的护士，他幻想着自己是一个救世济民的武士，所以十七世纪的西班牙国道上在行走的许多寻常的行人，就在他的眼里都变作了不德的武人、受苦的美女和只在神话传说里才有的巨妖骇怪之类的一些幻象。譬如有一次，他看见了风车轮翼的回旋，竟以为是害人的巨怪，便和他的随从护士为济世安民之故，向风车大战起来，终至于他们不得不因此类似疯狂的行为之故，而陷入困难的现实之境。像这样的他的幻想与现实处处发生冲突，所以他的一生事迹，都是滑稽的笑柄。到了垂死的时候，他才醒悟转来，然而一生却已经殉了他的理想而过去了。

这小说可说是大规模地描写外部事件变迁的小说之祖，近代小说之含有事件起伏和一幕一幕的剧的场面似的内容，因之造成一个典型人物，而表现出现实与理想的矛盾来的作品，其先河可以说是开在这一位西班牙的坎坷不遇的文人的手里的。虽则这一种冒险经历记叙的手法在荷马（Homer）时代的史诗《奥德赛》（*Odyssey*）里，已经可以看到，然而近代小说的开始，当然要推塞万提斯（1547—1616）的这部奇书《堂·吉诃德》。

属于《堂·吉诃德》一流的代表作品，还有一部法国勒萨日（Le Sage，1668—1747）所著的《吉尔·布拉斯》（*Gil Blas*）。这小说自一七一五年发行初两卷起，直到一七三五年全部完成为止，足费了作者二十年的工夫。主人公吉尔·布拉斯是一个孤儿，十七岁的时候，叔父给了他一匹驴子、几块洋钱，叫他出去看看世界，求点学问，上萨拉曼加（Salamanca）的大学去卒他的业。一路上他就遇到了些骗子、强盗、优伶、帮闲之类的人物。经过了许多变迁，受尽了种种荣辱，也曾作过医师的助手、美妇的帮闲、首相的书记等等，最后他才安顿下来，过他的清白的日子。所叙的事实，原同《奥德赛》的连珠记事差仿不多，但诙谐百出，巧智横生，而书中出来的人物性格，也各具典型。作者勒萨日从没有到过西班牙，而他的这以西班牙为背景的小说，竟写得神气活现，致使西班牙的译者和法国的伏尔泰（Voltaire）都疑他为剽窃西班牙的旧作的作品。这《吉尔·布拉斯》实在是专门家所说的流浪汉（Picaresque）小说中的一部最好的模范，视它为歌德（Goethe）的《威廉·迈斯特》（*Wilhelm Meister*），夏多布里昂（Châteaubriand）的《勒奈》（*René*）及斯塔尔夫人（Madame de Stael）的《科琳娜》（*Corinne*）的粉本，也不算为过。

欧洲近代小说的第二种，与上述诸作背道而驰的，就是那些注重于描写内心的纷争苦闷，而不将全力倾泻在外部事变的记述上的作品。依美国女作家伊迪丝·沃顿（Edith Wharton）之所说，则近代小说的真正的开始，就在这里，就是在把小说的动作从稠人广众的街巷间移转到了心理上去的这一点。

Modern fiction really began when the "action" of the novel was transferred from the street to the soul.

Edith Wharton: *The Writing of Fiction*. p.3.

在小说上作这一步的最初的尝试者，当推法国的拉法耶特夫人（Madame de La Fayette，1634—1693）的那篇《克莱芙王妃》(*La Princesse de Cleves*)了。这书出在一六七八年，系描写克莱芙王妃对自己的男人既欲竭尽忠贞，然而她的内心却在对德·内穆尔公爵（Duc de Nemours）感到不能自已的爱的。这些内心的苦闷、绝望的隐忍的热情，表面上虽则不露出来，然而在心里却在起伏着的欢乐与悲哀，就是这一篇小说的独到之处。顺这一条系统的近代心理小说，到了阿贝·普雷沃（Abbé Prévost，1697—1763）著的《曼侬·莱斯戈》(*Manon Lescaut*，1731)出世之后，又向前进了步。因为在这小说里的主角人物，是破了常套典型的有血有肉的平常我们所看得到、遇得着的活人，并不是像老式传下来的那些男主人公、女主人公、恶汉与严父之类的呆板木头人。

《曼侬·莱斯戈》里的许多人物虽则破了常套，接近了写实的手法，可是书中各人的性格，还不免有些抽象。直到狄德罗（Diderot，1713—1784）的那篇《拉摩的侄儿》(*Le Neveu de Rameau*)在他身后被发现之后，我们才真正地看到了近代小说中的性格这一个特型。《拉摩的侄儿》是一篇作者和寄生虫般的无赖汉——拉摩的侄儿两人中间的对话。十八世纪的人物性格、社会情形、音乐哲学等在这一位无赖汉的聪明冷讽而又富于诙谐的谈话里描摹批评得几乎毫末无遗。狄德罗的这一种性格捏塑的手腕，非但是巴尔扎克（Balzac，1799—1850）的老师，并且也可以说是陀思妥耶夫斯基（Dostoyevsky，

1821—1881）的先驱骑手。

这中间虽则英国也有了笛福（Defoe，1661—1731）、菲尔丁（Fielding，1707—1751）、斯摩莱特（Smollet，1721—1771）、理查逊（Richardson，1689—1761）等新型小说的创制，但是现代小说的真正推进者，却仍是生在法国的两位后起的特殊天才。一个便是上面说过的巴尔扎克，一个是本名马利－亨利·贝尔（Marie-Henri Beyle）的司汤达（Stendhal，1783—1842）。

在狄德罗之后，巴尔扎克就是第一个人，他能把他的人物在肉体上精神上看得清清楚楚，凡他或她们的生活习惯、嗜好弱点，无不刻画尽致。而他所描写的剧的动作，又纯系由这些人物的对于他们的环境——如住宅、街市、职业等——或他们的遗传天性及各人相互间的偶然的接触中抽绎出来的事件。巴尔扎克自身把这些写实的影响，归功于英国的司各特（Scott，1771—1832），但司各特的观察是肤浅而虚伪的，尤其是写到了男女的爱情，他总不免要受着当时时代的影响，不能如实地描写得淋漓尽致。而巴尔扎克的手法，却不同了，他所描写的女性，不论是老的幼的，都是栩栩欲活的人，满保有着人生所难免的矛盾和热情，一点儿也没有夸大，一点儿也没有做作。其他人的性格，如吝啬狂者、财阀、僧侣、医生之类，凡由巴尔扎克所创造出来的人物，总没有一个不是实实在在的。所以结果司各特终于是一位浪漫的色彩很浓厚的作家，而巴尔扎克却确是近代写实主义的伟大的导师。

司汤达所分析解剖的人物性格，尤其是特异精确了。他的唯一的功绩，是在把人物的动作心理动机，直掘到了最后的源泉去的那一点。在个人的心理分析上，在周围情势的影响实写上，司汤达就是到了二十世纪的现在，也还是一个无人追得上他的苦心雕刻者。

这两位大作家的作品的新异的地方，就在他们的把人的性格之造成，完全系属到了特殊的物质和社会条件上去的那一件事情。是以由巴尔扎克说来，他的人物之所以会变得这样这样者，就因为这些人物的职业是如此，或所住的房屋和周围的环境是如此。照司汤达的看法，则他的人物性格，之所以要那么那么地发展开去的原因，都因为这人物所想插身进去的社会是那么样。或系有一块地他在羡慕，或者有一个有权势和时髦的人他在模仿，因而就发生了主人公的许多动作和行为。（巴尔扎克的小说，如 *Les Parents Pauvres*，*Le Père Goriot* 等 [①] 篇，是百读也不会使人厌的；司汤达的杰作，则当推 *Le Rouge et Le Noir*，*La Chartreuse de Parme* [②]。）总之欧洲的小说，自

---

① 《贝姨》《高老头》。

② 《红与黑》《帕尔马修道院》。

十六七世纪开始萌芽以来，这两位小说家就是最初注意到"一个人物性格的造成，是绝逃不出周围的人类和事物的影响的"先觉者 [英国笛福的那篇《摩尔·弗兰德斯》(*Moll Flanders*) 却是一个例外]，而他们坚强有力的写实的笔致也是近世种种大同小异的流派的开路先锋。

自从这两位作家死后，到如今将近百年，其间小说的派别风气，不知变换了几次，然而个人性格的捏塑、社会物质的对于个人的影响、心理的分析和一丝不漏的写实的笔法，却终是千古不易的小说的定则。目下的小说又在转换方向了，于解剖个人的心理之外，还须写出集团的心理；在描写日常的琐事之中，要说出它们的对大众对社会的重大的意义。向这新的小说方面，大胆奋勉地在做不断地尝试者，是许多新俄的少壮的作家。他们的作品，他们的对于艺术和创作的理论态度，被翻译输入中国来的，数量已经不少，我在此处可以不再说了。

一九三二年一月

参考书目：

鲁迅著《中国小说史略》

Henry Burrowed Lathrop: *The Art of the Novelists* 的最后一章"小说发展中的几个高潮点"

爱迭斯·华东女士著《小说作法》第一章总论

关于《堂·吉诃德》，请看《奔流》一卷中的拙译屠格涅夫的论文

Herbert Read：*Reason and Romanticism* 中的最后一章《现代小说》

牛津大学出版部印行"法国丛书"中之《法国文学史》（*A History of French Literature*)，著者为 C.H.Conrad Wright。

（原载 1932 年 6 月 1 日《现代》第 1 卷第 2 期）

理智与情感

　　人的感情，人的理智，这两重灵性的发达与天赋，不一定是平均的。有些人，是理智胜于情感，有些人是情感溢于理智。并且同在一个人的身上，这两种灵性的发展、滋长，也不是同时同等的。有些人，在少年时，固是情感富于理智。但年纪渐大，则理智也会与日俱增，渐渐地可以以理智来制服情感。有些人，则自幼到老，都是热情奔腾，不会有少许的变更。

　　文艺作品，是一个全人格的具体化，所以在作品里，这两种性灵，也表现得各不相同。大抵的诗人，都是情感较理智更强，而一般哲学家、思想家、批评家、政论家，当然是只在运用理智。但是没有情感的理智，是无光彩的金块，而无理智的情感，是无鞍镫的野马。

　　诗里面的抒情诗，是完全靠热情作支柱的；可是运用文字、排列文字的时候，也不得不动一动理智。哲学论文、批评文字，照理是以不涉及情感为理想的，但是叔本华的著作，读起来比康德的来得有趣。批评文字，也是一样，勃兰提斯与培灵斯基来一比，就觉得前者胜于后者，所谓胜者，就是更富于热情，更富于牵引力的意思。

所以，理想的文艺作品，总以理智与情感同样丰富，同时运用的为上品；譬如十九世纪英国托麦斯·提昆西的散文，就是这一种作品里的代表。

高尔基在晚年，为青年作家所作的许多序文，大抵也在高调着这一句话，尤其是在对于 *Barsuki* [①] 的作者 L. Leonov 的一篇推荐辞里，可以看出来。他推崇托尔斯泰与陀思妥耶夫斯基的理由也全在这一点上。

理智与情感的平衡，这一句话，讲讲实在是很普通，可是实际上，却很不容易做到。

（原载 1939 年 1 月 31 日新加坡《星洲日报·晨星》）

---

① 列昂诺夫的《獾》。

想象的功用

　　文艺之中的真善美价值评定标准，已在各处约略分别说了。但文艺作者若想将他的经验，有价值地传给读者，那还须想象（Imagination）来帮忙，才办得到。

　　什么是想象呢？英诗人柯勒律治（Coleridge）说："想象是一种创制成形的精神（A Shaping Spirit）。"泊来斯考脱（Prescott）说："简单地说来，想象就是心灵的眼睛（The imagination is, in a word, the eye of the mind）。"照这两个定义看起来，则想象是创制观点的力量，可以不待赘说，没有想象力时，作者是不能将他的经验看清、整理、复制出来的。

　　想象作用有三方面：一、用了想象去将作者的经验、理想、观点等散乱的断片收集起来，加以一道选择。选择之后，他可将它们连结成形而造成一新的境地事象。二、他将这些新的事象来排列成一种完整的结构，就因此艺术的结构而可以把他的想象传给他人或唤起他人的想象。三、他用想象去发现些文辞字句来表现他的经验的价值，因以传给读者。

我们日常的经验，即所接触的人物事件、经过的地方环境、千变万化的内心的心想思考，与夫从他人的经验及读书报施观察时得来的印象等，一天之内，不知有多少。只有想象丰富的人，才能在这些茫无头绪的杂琐之中，撮取要点，造成一件新的事实，或一个新的人物，或一个新的境地。就是旅行记、传记、史传之类，亦并非单靠印象事迹的罗列，便写得成，非以想象来整理复制一番，绝不能成为伟大的著作。如鲍斯威尔的《约翰逊传》、司马迁的《史记》、史蒂文森的《旅行记》等。

有了想象，才可以将经验增大、削减、补缀、移易，连成一串美的、有价值、有趣味的贯珠，而不至失去人物或事件的真实性。总之，文学是作者的经验的翻译与编制，而想象就是当作者在翻译与编制当中的一种天来的魔术。

要想把作者的经验整理出来，联成一个完整的艺术的结构，就是结构形式的选择问题，也非用想象不为功。有些材料事实，是宜于戏剧小说的，有些是非用史诗或抒情诗的形式来写不可的。对于这一层，本也是文艺批评论里所应讲到的实际内容，但因篇幅的限制，只能让给文学概论，或诗论、小说论、戏剧论等专著去讲了。在这里，我只能唤一唤醒读者的注意，就是当选择结构形式的时候，必须慎重从事，倚赖想象，才能造出天衣无缝、完整纯美的艺术品来。

次于结构形式，而在传达作品的内容时，其重要并不减于结构的，是文字词句的选择。这一层，当然与个人的学力也很有关系，但想象不丰富的人，却绝不能将一个字或一个形容词、名词等用上最适当的地方去；或当表现一种感情思想时，去找出一个独一无二的最适当的字来。莫泊桑的老师福楼拜所说的那句金言，终竟是千古不易的定论。

温彻斯特（Winchester）的《文学批评之原理》第四章里，说想象是文学者用以激发情感的工具，其所以能激发情感者，就在它的能将欲表现的情感具体化出来，使读者能感到一种情感的现实。因而他把想象分成：

（一）创造的；

（二）联想的；

（三）解释的。

三种，而将漫无控制、不成系统与不限于情感的联想等，别名为空想（Fancy），以示与想象不同。温彻斯特在那一章里所说的大意，原同上面说过的种种，异途而同归，不过有一点，却是他的特见。他说，因为文学上所用的想象，每是与情感联结在一气的，所以高度的想象，一般总与同等的热情同时俱在，凡具有冷淡、浅薄、尖刻的性情的人，是不常有坚强雄厚的想象力的。但浓情奔放，若过了度，则想象亦将成为空想，雪莱、济慈的作品里，老有这些地方。在另一方面，有极上的想象力的天才，如莎士比亚或但丁等，则他们的情感，总老是深沉有致，不至于逸出范围，不受控制的。

　　总而言之，想象是创造者所必具的一种天赋，无论创作家、批评家、历史家、科学家、事业家，若缺少了想象就不能做出伟大的功业来。不过因从事的方面不同，想象力发展的方向有彼此互异的差别而已。

（原载 1933 年 8 月 1 日《青年界》

第 4 卷第 1 号）

小说与好奇的心理

对于人生或社会的秘密，抱一种好奇的心思，西洋人叫作
curious，中国人叫作多事。这多事之心，就是小说作者和读
者的共同心理。否则，小说非但将没有读者，就是作者也不
会得有。

人生经验不丰富，对世上的事事物物都还抱有着探险心的
时候，做小说的兴致格外地来得好，同时读小说的趣味，也特
别地来得浓厚。大抵人当三十岁以前，无论社会上属于哪一层
的男女，多少总带有着一种倾向，所以年轻的读者作者，在无
论哪一国，总在读书界、创作界占据着首位的多数。到了三十
以后，娶了妻室，生了儿子，一踏进生活竞争剧烈的战斗场
里，对于人生，对于社会，非但不感到兴趣，像在中国的现状
之下，恐怕连做人都不想再做。像这一种人，你若想他为《红
楼梦》而落泪，替岳老爷抱不平，是办不到的。因为他们晓
得，人生不过是这么的一回事。所谓文学，所谓爱情，所谓忠
君爱国，都是生活问题解决以后的一种消化（Dessert Course）。

有了原更好，没有也并不是必要的。

中国有一句话说得好，叫作"人到中年万事休"，所谓万事休者，就是说这一种 Curiosity 消失完了的意思。

不过在外国的作家中，大作品的出来，大抵总在四十岁以后，那又当怎么说呢？这当然也有一个道理。袁子才的《诗话》里，曾有一处说起诗人不失其赤子之心的地方。这赤子之心，就是 Curiosity 的遗留。凡不失此心的人，像英国的哈代、俄国的高尔基、我们的鲁迅一样，到了高年，还会得做年青时候般的梦。

哈代八十岁后，还写情诗，鲁迅的《两地书》是四十以后的书简；高尔基五十岁以后的小说里，写到恋爱的场面，还是活灵活现。

这多事之心，亦即是赤子之心，中国的现代人，特别地消失很早，因此中国就不能如外国一样地有许多大作品出现，所以日本人老是批评我们说，中国民族是富于现实性的。其实呢，却是民族志趣不高、社会环境恶劣，以及教育不普遍、政治不安定的种种原因所促生出来的恶果。

一九三六年七月

（原载 1936 年 8 月 1 日福州《文座》第 1 卷第 2 期）

事物实写与人物性格

十九世纪在艺术上最大的一个贡献，就是写实主义的提倡。无论在哲学上、绘画上、文学上，不以写实主义为骨干的作品都站不住脚，如没有脊骨的软体动物。写实主义所走的道路，实在也很长很远，从自然主义、琐末主义起，经过世纪末的超现实主义，一直到现在的新写实主义止，其间经过的历程，就是一部庞大的近世艺术史。

自入二十世纪以后，因科学的极端发达，人口的大量增加，智识的普遍扩充，从第一次世界大战以来，社会人事的纠纷错杂，演成了从来历史上所少有的一个复杂局面。所以，欧洲的文艺批评家，有慨叹着诗的世界，已经消失了的（就是说现在是散文的世界），有懊恼着罗曼史已经无处可寻的。实际上，现世上的社会事物，的确比小说传奇，还要来得更伟大、更复杂、更有味，许多小说家、诗人，在最近，都放弃了结构、布局、幻想、涂色等种种空灵的把戏，群趋于事实报道的一途的原因，或者也就在这里。

譬如说吧，约翰·龚赛（《欧罗巴的内幕》的作者），起始就是一位小说家，他初次问世的小说《红色的园亭》，本是很成功的一篇长篇，但现在却不再写小说了。传记文学家爱弥儿·罗特味希、安德烈·莫洛亚，当初也是想以小说立身的人，但现在也流入了大新闻记者之列，专去写人物印象记之类的中间读物了。

这一个诗人作家群趋于事物实写或类似新闻报道的倾向，尤其是在我国这一次抗战事情发生，与欧洲风云紧急之后的两三年中，更为显著。

我们所在提倡，而事实上也收获最大的报告文学、战地记事、人物印象、通迅文学之类的文字，也就是这一个潮流里的特殊浪花，在战事不止，世界大战的威胁不除去以前，自然只有增长的趋势。

一件事情的经过，一个地方的印象，或一场战事的记录等，我们在读的时候，以为写写是最容易不过的事情，但实际执起笔来，则事实的取舍、先后的排列、刺激的点缀、以及宽弛与紧张场面的对称等等，难处也不让于写一长篇的小说。新闻记者范长江的成功，就在于这些地方布置的得当。

所以，在实写事物的时候，我们第一也要分别一个重心或要点出来，凡足以烘染、影托这重心的记事，可以不嫌详尽，拼命地细写。其次与这重心不相干的末节，只教能点出一段联系，就可以不必琐叙。这就是写实的经济方法，也就是一般作文的旨趋。

至于人物性格呢？在报告文学或通迅文学等记事文里，并不占重要的位置，与作小说的时候，总有点不同。当然人是活的个性，社会的一切事物，是人造出来，或者因人而起的纠葛，要报告一件事情，而略去这事情的主角，是不对的。

可是事情有两种，有造时势的英雄，也有造英雄的时势，看我们要写出报告来的时候，是以时势为重呢，还是以英雄为重而取决。战争、民族的兴起，愤怒与流亡，不是英雄的事业，所以人物性格是居其次。反之，若想写委员长的伟大、希特勒的滑稽或墨索里尼的蛮横时，却又是另一种了，当然要以人物性格为第一目标，但照现在的情形来看，当我们写这一代的时事时，总还是记事物的文字多，描性格的文字少，所以，人物性格的捏塑、装潢等技巧，用处还比较少些。

对于初学写作的人，我的唯一的忠告，就是以从试写记事文入手为最妙。一件事情的写实写得好了，然后再来练习人物个性的描写，是普通的路程。反之，若专欲在小说创作上用功夫的人，那又当别论。譬如，典型人物，要如何写出，才不至于流成类型。一个个性的写出，用意并不是在造成典型的时候，则局部描写时，又当用如何的手法等，却是小说的作法了。因近来很有些人，来问及这两种作法的路径的，所以略贡这一点愚见，而最好的教师，还是那些成功的作品。

一九二八年四月

（原载 1939 年 4 月 29 日新加坡《星洲日报·晨星》）

第三辑

艺文私见

人与书

　　书本原是人类思想的结晶，也就是启发人类思想的母胎。它产生了人生存在的意义，它供给了知识饥渴的乳料。世界上的大思想家和大发明家，都从书堆中进去，再从书堆中回出来。

　　因书本与人类关联之亲密，所以古来学者多把书本当作人类的朋友看待。史曼儿说得好："一个人常常靠了他所读的书而出名，正像他靠着所交的朋友而出名一样；因为书本和人们一样，也有交谊。一个人应该生活在很好的友伴中间，无论是书或是人。"

　　同时亦有一位，他却把人生当作书本子来看，那就是诗人高法莱了，他说："一个人好像一本书，人诞生，即为书的封面；其洗礼即为题赠；其啼笑即为序言；其童年即为卷首之论见；其生活即为内容；其罪恶即为印误；其忏悔即为书背之勘误表；有大本的书，有小册的书，有用牛皮纸印的，有用薄纸的，其内容有值得一读的，有不值卒读者。可是最后的一页上，总有一个'全书完'的字样。"恕我续上一个"貂尾"，就是在人的诞生之前的受精成孕，就是书版未曾付印前之文人绞汁草稿了。

书即是人，人亦即是书。

（原载 1935 年 9 月 27 日《立报·言林》）

说 "开卷有益"

开卷有益，是古人奖励读书的一句成语。从前读到一册坏书，读后每觉得为古人所欺；现在多了一点知识，反过来又觉得古人的不我欺了。总之，好书读了，原有所得，就是可以知道它的好处在哪里；可是坏书读了，而知道它的坏的原因与地方，岂不也是一得？从前孔子说的"三人行，必有我师"之意，也不一定是从正的一方面着想，反过来在负的一方面，也何尝不可以为鉴戒。因此，从前是非有定评之书不读的，现在却马勃牛溲，一例地都想看看了，这大约总也是一种进步的现象。

一九三六年四月十一日

（原载 1936 年 4 月 16 日《论语》第 86 期）

艺文私见 ①

　　文艺是天才的创造物，不可以规矩来测量的；所以严沧浪的《诗话》，是第二义的文艺。有了杜甫的"酒债寻常行处有，人生七十古来稀"，才有"流水对"的一个名目，断不是因为有了"流水对"那一个对法，杜甫才来作这两句诗的。近来科学发达到了高度，无论研究什么学问，都有用了 Scientific method 来研究的倾向，所以各种批评家，每为了一定义 What is art 之故，生出许多争论来。这些争论，都是假批评家的用具，恐怕在天才的眼里，未必能有什么意思，因为天才的作品都是 Abnormal Eccentric，甚至有 Unreasonable 的地方，以常人的眼光来看，终究是不能理解的。

　　依此而论，文艺批评，竟是与文艺没有干涉的了？这也不是的。文艺批评有真假的二种，真的文艺批评，是为常人而作的一种"天才的赞词"，因为天才的好处，我们凡人看不出

来，必待大批评家来摘发出来之后，我们才能知道丰城狱底，有绝世的龙泉；楚国山中，有和氏的美玉。所以有了 Lessing 的 *Laokoon*[①]，我们才知道古典艺术的精华，有了 Ruskin 的 *Modern Painters*[②]，我们才知道各派绘事的精致。

世人的才智，大约都是在水平线以下，或与水平线齐头的。中国的古人也说，天才必五百年一生，所以古今中外毕竟是天才少庸人多。文艺批评在天才眼里，虽没有什么价值，在庸人的堆里，究竟是启蒙的指针。勃兰兑斯说：

Derjenige，welcher auf der Reise ein Bergwerk besucht，laesst sich von einem Manne mit einer Laterne in einen unterirdischen Schacht hinabwinden und sieht sich dann beim unsichern Scheindes Laempchens in der Grube ein. Zu einer aehnlichen Fahrt moechte ich den Leser einladen，wenn er sich meiner Fuehrung und meiner Fackel anvertrauen will.

（Aus Brandes "Hauptstromungen der Literatur des 19. Jahrhunderts"，uebersetzt von Adolf Strodtmann.）

旅行的时候，去看矿山的人，要一个人擎了灯笼引

---

① 莱辛的《拉奥孔》。
② 卢斯金的《现代画家》。

着，曲曲折折地走到地下去，用了隐约不明的那灯光，方能看见那地下的矿坑。现在也是这样的，若读者愿意跟了我的指引和我的火把来，我却很愿意领他到这一条路上去。

这就是批评家的天责呀！用了火把来引导众人，使众人在黑暗不明的矿坑里，看得出地下的财宝来。这譬喻虽然简单，然而我想批评家的责任，已经被他说尽了。

真的天才，和那些假批评家假文学家是冰炭不相容的，真的天才是照夜的明珠，假批评家假文学家是伏在明珠上面的木斗。木斗不除去，真的天才总不能放他的灵光，来照耀世人。除去这木斗的仙手是谁呀！就是真正的大批评家的铁笔！我们目下中国所要求的，就是一位真有识见的批评家。因为真的批评家出来之后，这一笔混账，才开消得明白。

（原载 1922 年 3 月 15 日《创造》季刊

第 1 卷第 1 期）

我所喜爱的文艺读物

鲁迅:《野草》。

茅盾:《子夜》。

沈从文:《阿丽思漫游中国》。

（原载 1936 年 9 月 6 日《小民报·新村·每周文坛》）

静的文艺作品

　　自己大约因为从小的教养和成人以后的习惯的关系，所嗜读的，多是些静如止水似的遁世文学。现在侘傺无聊，明知道时势已经改变，非活动不足以图存，这一种嗜好应该克服扬弃了，但一到书室，拿起来读的，总仍旧是二十年前曾经麻醉过我的，那些毫无实用的书。

　　小时候第一次接触这一类书时的开口乳，是一位为法国翰林院所褒奖过的 Emile Souvestre 著的 *Un Philosphe sous les Toits* 的英译本 *An Attic Philosopher in Paris*①。这一位屋顶间的哲人，生活简单，头脑冷静，对人世的过年过节，庆贺欢歌，都只是平心静气地在旁观赏；有时候发两句议论，有时候引一节古典，一年四季，春夏秋冬，兴与人同，狂非我分，乐道安贫，猫猫虎虎，一辈子就过去了。

　　嗣后就在我的心里，种下了一个偏嗜这一种清静的遁世文

---

　　① 　埃米尔·苏维斯特的《巴黎的一位顶楼哲学家》。

学的毒根，而和我周旋得最久，到现在也还是须臾不离的，是美国的那位肺病哲学家 Henry David Thoreau[①] 的六七册著作。

他的森林生活的记录 *Walden：My Life in the Woods*[②] 原已经是世界有名的了，但其他的散著，若《孔告儿特河上的旅游》，若《坎拿大的一美国人》，若《麻省的早春、夏、冬》，若《田野间的漫步》，若 *Cape Cod*[③] 诸作品，总没有一册不是经我读过在三四回以上的。

其他若 George Gissing[④] 的《亨利·莱克洛夫脱的手记》，若 Alexander Smith[⑤] 的《梦乡随笔》，或名《村落文章》，若 Hazlitt[⑥] 的轻快的散文，若 Amie 的《反省日记》，若 Silvio Pellico[⑦] 的《狱窗回忆》，若 Sennacourt 的 *Obermalnn*，一系下来，像这一种遁世文学，我真不知收集了多少册，读过了多少次，现在渐入老境，愈觉孤独，和这些少日的好友，更是分不开来了，所以我想特别提出来和大家说说，好教后来的读者，不致再踏我的覆辙。

---

① 亨利·戴维·梭罗（1817—1862），美国作家、哲学家。
② 《瓦尔登湖》。
③ 《科德角》。
④ 乔治·吉辛（1857—1903），英国小说家。
⑤ 亚历山大·史密斯（1830—1867），英国诗人、小品文作家。
⑥ 赫兹里特（1778—1830），英国散文家。
⑦ 佩利科（1788—1854），意大利戏剧家和作家。

总之，西洋的物质文明，比我们中国进步得快，所以自从十八世纪以后，像卢梭，像卡拉儿，像费趣脱、尼采诸先觉，为欲救精神的失坠、物欲的蔽人，无不在振臂狂呼，痛说西洋各国的皮相文明的可鄙。因之头脑清晰一点、活动力欠缺一点的各作家，也厌弃了现实生活，都偏向到了清静无为的心灵王国里去。而我们中国人哩，本来是就有这一种倾向潜伏在大家的心里的，和这些在西洋以为新奇，而在中国实在还不见得彻底的文学一接触，自然是很容易受它们的麻醉的了，更何况西洋物质文明的输入，都不过是最坏最浅薄的一面的现在呢！

　　因此，我有一点小小的建议：这些静的遁世的文艺，从文艺本身上说，原不是无价值的东西，但我们东方人的读者，总要到了主见已定或事功成就之后，才可以去和它们接触；对于血气方刚、学业未立的青年，去贪读这些孤高傲世的文学作品，是有很大的危险性在的。

　　还有一种太热心于利禄，把自己的本性都忘了的中国现代的许多盲目男女，我倒很想劝他们去读读这些西洋人的鄙视物质的名言，以资调剂。因为中国目前之大患，原在物质的落后，但尤其是使我们的国命斫丧的，却是那一班舍本逐末、只知快乐而专谋利己的盲目的行尸。

　　并且这些静的文艺的好处，是在它的文辞的美丽。上面我所举出的各位作家——虽然也还不过是千分之一的一小部分——他们差不多个个都是很会使用文字的 Stylist[①]，所以对于争生存争面包忙得不了的现代人，于人生战场上休息下来，想换一换空气，松一松肩膀的时候，拿一册来读读，也可以抵得过六月天的一盒冰激凌，十二月的一杯热老酒的功用。若去入了迷，成了瘾，那可要成问题了，这险是我所不敢保的。

一九三三年十二月

（原载 1934 年 1 月 15 日《黄钟》第 41 期）

---

① 英文，意即"文体家"。

电影与文艺 [1]

　　这也许是孤陋寡闻的我一个人的偏见，但我想大多数的文化享乐者，总也有一部分的人赞成我这一句话的：

　　"二十世纪文化的结晶，可以在冰激凌和电影上求之。"

　　将天然的水，想法子使结成冰，又将蜜糖甜酱，混合和凝起来，使凝结在一处。它的颜色很柔美，香气很芳醇，在大暑的六月天，你当行路倦了的时候，走到树荫下去吃一杯，就是神仙，也应该羡你。同冰激凌一样地集成众美，使无产者以低廉的价格在最短的时期里，得享受到无上的满足的，是近来很为一般都会住民所称道的电影。

　　电影是最近方才发达的艺术界的 Youngest Sister，她的姊妹艺术（Sister-Arts），如演剧、音乐、绘画等等，发源都在数千年前以上，只有电影，可算是十九世纪后期的产物。但后来者居上，她的将来，正是不可限量，我敢断言，二十世纪，

---

　　[1]　有删节。

将要成为电影的世纪。

电影之所以能够在这样短时期里得到这样长足的进步的，我想有五种原因。第一，电影是合成各种艺术长处的集大成者。第二，电影是艺术的立体化而且具有动的性质的。第三，电影是合乎近代经济的原则的。第四，电影的现实性和超现实性，都比旁的艺术容易使观众满足他们的好奇心。第五，电影是合乎近世的社会主义的理想的。

现在且把这几种电影的特长来说一说。第一，艺术中除演剧外，都各自成枝，不能同时使我们的感官各得到满足。譬如诗歌文学之类，读了之后，我们最多也不过受到一种感情上的享乐，这一种满足，是属于精神的，内在的。并且非有智识教养者或感情丰盛者，对于文学诗歌简直不能感到 Ecstasy^① 而殉情陶醉于其间。其他如绘画、音乐、雕刻、建筑之类，对于我们的官能享乐，都只是限于一部分的提供而已，不能浑然整然，使我们五体投地，诸感满足，如处九重天上般的安适快乐。至于演剧呢，虽也是合成众美的一种艺术，然而剧场的设备、俳优的养成、衣饰的花费等等，太不经济，太不合乎无产阶级的要求，所以比之电影的简便廉价，要逊一筹。

---

① 英文，意即"忘我，入迷"。

第二，我们近代人，都是神经衰弱者，不是具体化的艺术，不能使我们感彻底的满足。雕刻、建筑，虽具有具体的形象，然而变化太少，没有动的性质。音乐虽瞬息千变，然而对于我们的具体的威压力很小。合成了各种艺术，各取其长，使熔化于一炉，而且具有高的威压力而变化百出，使观者随时能够得到动的观念的，只有电影。

　　第三，电影的经济，是谁也辨识得到的。我们读一部小说非要一天两天不可，而在幕上看一出电影，至多也不过三两个钟头。如托尔斯泰的《安娜·卡列尼娜》、雨果的《悲惨世界》之类的庞庞大著，要从头至尾细读一遍，真是谈非容易，然而在电影里映写起来，则我们在茶余饭后，手里拿着一杯咖啡，嘴里含着一支纸烟，在闲谈休息的中间，就可以看得了了，岂不是时间的经济吗？旅行世界一周，至少也要五六十天，要看古代的残墟废垒、历史上的名山胜地，恐怕一两年也办不到，而在电影里，则无论什么地方的风景，无论哪一时代的风俗，都可以在一两个钟头里看得明明白白，这岂不是空间的缩短吗？近来电影业发达，各著名的电影公司，都在大宗地制作出品，我们以最廉的价格，可以看到最美的影片，这岂不是合乎近代的经济第一原则的享乐吗？诸如此类，说不胜说，总之电影的普遍性（Popularity）是以根据于这一个原因者多，所以我在此处想特别把它来 Emphasize^① 一下。

第四，我们的爱好艺术，都因为想满足我们好奇心。虽明知道艺术是骗人的东西，但我们所要求的，就是要它骗我们骗得巧妙。譬如哲学家的做人，他明知道人生是一场梦，但他总要想使这一场梦延长，在梦里却硬想装出许多不是梦的样子来。能够使这一种梦境最如实地表现出来，而且能够使这一种自幻（Selbst-tauschung）观念最有力地形成的艺术，只有电影。因为电影的现实性和超现实性，都是很强的。电影的现实性，就是写实的便利，这一层在取材取背景上面，很容易办到，是谁也晓得的，殊不知她的超现实性，也是很强，也同样的逼真，不至于使观众的自幻观念打消。这只须举一个例出来，大家就可以明白，譬如歌德的杰作《浮士德》的第二部，有许多神秘的地方，像升天入地等行动，在演剧里是无论如何做不好的，而在电影里却演得很自然很逼真，使观众一时能够感到惊异，感到快乐，毫不觉得在看假作的东西。这一层使不可能的动作化为可能的机能，是在旁的艺术里找不出的，所以我说，电影的现实性和超现实性，都比旁的艺术更容易使观众感到满足。

第五，电影的廉价、经济、单纯、容易看得懂，是尽人所

---

① 英文，意即"强调"。

知道的，电影既具有这些好处，那她的合乎近代的社会主义的理想可以不必说了。至于她的宣传力的大，对于社会教育、平民教育的帮助，更是人人所知道的，我们但把《伏尔加河上的纤夫》一片拿来一看，就可以晓得电影的宣传主义，是如何地速而且强有力了。

因为电影具有此种种的特长，所以她的进步之速和将来的希望之大，实在有出乎吾人意料之外的地方。我们既已晓得了电影的这些特点，就可以说到她和文艺的关系上去。

在前面已经说过，文艺是静的、平面的，并且在最近的这个社会化的时期以前也可以说是很贵族的艺术。要使静的文艺，能带着动的意义，平面的文艺，能有具体的表现，贵族的文艺，能适合乎平民的口味，那么文艺作品，非要经过一次电影的媒介不可。电影的功效，非但能使死的文艺变成活的，有些地方，并且更可以使许多无意义的文艺变成了很有意义的东西。据我个人的经验讲来，当我读一位美国女作家的小说 *Little Lord Fauntleroy*[①] 的时候，所受的感动也只是平常，及到看了那张影片以后，觉得有许多地方，所得的印象竟要比读书的时候深至数倍。又譬如 Murger[②] 的小说《拉丁区的生活》[③]

---

① 《小爵士》。

② 缪尔热（1822—1861），法国作家。

③ 现译为《波希米亚人的生活场景》。

里，有几段描写，简直使人讨嫌，不愿意读下去，而看到莉莲·吉什的 *La Boheme*① 的时候，无论男女老幼，不管他或是懂艺术，或是不懂艺术的都不要紧，一气看完之后他们都不得不为女主人公咪咪流几滴伤心之泪。从这些地方看来，电影能够帮助文艺，是谁也能够承认的了，但是文艺也能同时促进电影的趣味一层，却还不大有人提起过。

在现代社会思想极盛的潮流里，我们所要求的艺术当然是大众的艺术。然而大众的艺术品，稍一不慎，就要流为填补低级趣味的消遣品，而失掉真正的艺术品的固有性质。我们但须向一般民众所聚集的娱乐场去一看，就可以知道这一种一般趣味的堕落性的旺盛。像《打花鼓》《小上坟》等类的淫戏，在无论什么地方，由无论什么俳优演起来，都容易博得喝彩叫唤的原因，就是种证明。因为一般趣味的堕落性是这样的重的，所以美国出品的许多平常的影片，都是千篇一律勉强地制造出来迎合这一种下劣趣味的。可以使这一种趣味转向，并且同时也可以领导社会一般人的趣味，使一步一步提高上去的，那就非文艺不能办了。

大凡一种真正的文艺作品，不管它是不是第一流的创作，我想多少总有一点作家的个性和艺术品的骨气在内的。市气很

---

① 《波希米亚人》。

重而又完全为迎合读者的心理的投机货，我们不能承认它是文艺作品。所以电影的导演者，若真正于打算金钱之外，更有爱好的灵心的时候，那么他所导演的片子里，那种低劣的挑拨的场面，必要减少下去。从此更进一步，我们就可以达到提高一般趣味的目的了。

从这些地方看起来，我们就可以知道电影与文艺，实在是同要好的夫妇一样，须臾不可离开，两面都要常在一处，才能得到好结果的。

一九二七年七月十一日夜脱稿

（原载 1927 年 9 月 1 日上海《银星》第 12 期）

山水及自然景物的欣赏

　　自从亚里士多德的文学模仿论创定以来，以为诗的起源是根据模仿本能的学说，到现在还没有绝迹；论客的富有独断性者，甚至于说出"所有的艺术，都是自然的模仿；模仿得像一点，作品就伟大一点，文学是如此，绘画亦如此，推而至于音乐、舞蹈，也无一不如此"等话来。这句话，虽则说得太独断，太笼统，但反过来说，自然景物以及山水，对于人生，对于艺术，都有绝大的影响，绝大的威力，却是一件千真万确的事情。所以欣赏山水以及自然景物的心情，就是欣赏艺术与人生的心情。

　　无论是一篇小说、一首诗或一张画，里面总多少含有些自然的分子在那里。因为人就是上帝所造的物事之一，就是自然的一部分，绝不能够离开自然而独立的。所以欣赏自然，欣赏山水，就是人与万物调和、人与宇宙合一的一种谐合作用，照亚里士多德的说法，就是诗的起源的另一个原因，喜欢调和的本能的发露。

自然的变化，实在多而且奇，没有准备的欣赏者，对于它的美点也许会捉摸不十分完全的。就单说一个天体吧，早晨的日出、中午的晴空、傍晚的日落，都是最美也没有的景象；若再配上以云和影的交替、海与山的参错，以及一切由人造的建筑园艺或种植畜牧的产物，如稻麦牛羊飞鸟家畜之类，则仅在一日之中，就有万千新奇的变化，更不必去说暗夜的群星、月明的普照、风雷雨雪的突变与四季寒暖的更迭了。

我们人类，大家都有一种特性，就是喜新厌旧，每想变更的那一种怪习惯。不问是一个绝色的美人，你若与她日日相对，就要觉得厌腻，所以俗语里有"家花不及野花香"的一句；或者是一碗最珍贵最可口的菜，你若每日吃着，到了后来，也觉得宁愿去换一碗粗肴淡菜来下饭。唯有对于自然，就绝不会发生这一种感觉，太阳自东方出来，西方下去，日日如此，年年如此，我们可没有听见说有厌看白天晚上的一定轮流而去自杀的人。还有月亮哩，也是只在那么循行自有地球有人类以来的一套老调，初一出，月半圆，月底全没有，而无论哪一处的无论哪一个人，看了月亮，总没有不喜欢的，当然瞎子又当别论了。自然的伟大，自然的与人类有不可须臾离的关系，就此一点也可以看出来了，这就是欣赏自然景物的人类的天性。

欣赏自然景物的本能，是大家都有的。不过有些人忙于衣食，不便沉酣于大自然的美景，有些人习以为常了，虽在欣赏，也没有欣赏的自觉，因而使一般崇拜自然美的人，得自命为雅士，以为自然景物，就只为了他们少数人而存在的。更有些人，将自然范围限制得很小，以为能如此这般欣赏，自然景物就尽在他们的囊中了。下边的四首歌曲和一张节目，就是这些雅士的欣赏自然的极致，我们虽则不能事事学他们，但从小处也可以见大，倒未始不是另一种欣赏自然景物的规范。

山居自乐（四季之歌，见乾隆御制《悦心集》）

无名氏

爱山居，春色佳，有桃花有杏花；绿杨深处莺儿啼，天阴草色连云暖，夜静花阴带月斜。兴来时，醉倒荼蘼下。这是俺山中和气，岂恋他金谷繁华？（春）

爱山居，夏日长，抚苍松坐翠篁；南风不用蒲葵扇，放开短发迎朝爽，洗涤尘襟纳晚凉。竹方床，一枕清无汗。这是俺山中潇洒，岂恋他束带矜妆？（夏）

爱山居，秋月清，白蘋洲红蓼汀；芳菲黄菊开三径，风前倚石吹长笛，月下焚香抚玉琴。木兰花，坠露朝堪饮。这是俺山中雅淡，岂恋他人世红尘？（秋）

爱山居，冬景余，掩柴门著道书；红炉槲柮煨山芋，开窗积雪千峰白，绕屋梅花几树疏。兴来时，驴背闲寻句。这是俺山中冷趣，岂恋他车马驰驱？（冬）

明高濂稚尚斋四时幽赏目录

孤山月下看梅花。八卦田看菜花。虎跑泉试新茶。保俶塔看晓山。西溪楼啖煨笋。登东城望桑麻。三塔基看春草。初阳台望春树。山满楼观柳。苏堤看桃花。西泠桥玩落月。天然阁上看雨。（以上春时幽赏。）

苏堤看新绿。东郊玩蚕山。三生石谈月。飞来洞避暑。压堤桥夜宿。湖心亭采莼。晴湖视水面流虹。山晚听轻雷断雨。乘露剖莲涤藕。空亭坐月鸣琴。观湖上风雨欲来。步山径野花幽鸟。（以上夏时幽赏。）

西泠桥畔醉红树。宝石山下看塔灯。满家弄赏桂花。三塔基听落雁。胜果寺月岩望月。水乐洞雨后听泉。资岩山下看石笋。北高峰顶观云海。策杖林园访菊。乘舟风雨听芦。保俶塔顶观海日。六和塔夜玩风潮。（以上秋时幽赏。）

湖冻初晴远泛。雪霁策蹇寻梅。三节山顶望江天雪霁。西溪道中玩雪。山头玩赏茗花。登眺天目绝顶。山居

208

听人说书。扫雪烹茶玩画。雪夜煨芋谈禅。山窗听雪敲竹。除夕登吴山看松盆，雪后镇海楼看晚炊。（以上冬时幽赏。）

（录自《西湖集览》）

　　这些原也不免有点过于自命风雅、弄趣成俗之嫌，可是对于有些天良丧尽、人性全无的衣冠禽兽，倒也可以给他们一个警告，教他们不要忘掉自然。我从前在北平的时候，就有一位同事，是专门学法律的人，他平时只晓得钻门路，积私财，以升官发财为唯一的人生乐趣，你若约他上中央公园去喝一碗茶，或上西山去行半日乐，他就说这是浪漫的行径，不是学者所应有的态度。现在他居然位至极品，财积到了几百万了，但闻他唯一娱乐，还是出外则装学者的假面，回家则翻存在英国银行里的存折，对于自然，对于山水，非但不晓得欣赏，反而视若仇敌似的。对于这一种利欲熏心的人，我以为对症的良药，就只有一服山水自然的清凉散，到这里，前面所开的那两个节目，倒真合用了。因为山水、自然，是可以使人性发现、使名利心减淡、使人格净化的陶冶工具。我想中国贪官污吏的涌现，以及一切政治施设都弄不好的原因，一大半也许是在于为政者的昧了良心，忽略了自然之所致。

自然景物所包含的方面，原是极博大，极广阔的。像上面所说的天地岁时、社会人事，静而观之，无一不是自然，无一不可以资欣赏，但这却非要悠闲自得，像朱夫子那样的道学先生才办得到。至于我们这种庸人，要想得到些自然的美感，第一，还是上山水佳处去寻生活，较为直截了当。古往今来，闲人达士的游山玩水的习惯的不易除去，甚至于有渴慕烟霞成痼疾的原因，大约总也就在这里。

　　大抵山水佳处，总是自然景物的美点发挥得最完美、最深刻的地方。孔夫子到了川上，就觉悟到了他的栖栖一代，猎官求仕之非；太史公游览了名山大川，然后才死心塌地，去发愤而著书。从知我们平时所感受不到的自然的威力，到了山高水长的风景聚处，就会得同电光石火一样，闪耀到我们的性灵上来。古人的讲学读书，以及修真求道的必须入深山傍大水去结庐的理由，想来也就在想利用这一点山水所给予人的自然的威力。

　　我曾经到过日本的濑户内海去旅行，月夜行舟，四面青葱欲滴，当时我就只想在四国的海岸做一个半渔半读的乡下农民；依船楼而四望，真觉得物我两忘，生死全空了。后来也登过东海的崂山，上过安徽的黄山，更在天台雁荡之间，逗留过一段时期，每到一处，总没有一次不感到人类的渺小，天地的悠久的；而对于自然的伟大、物欲的无聊之念，也特别地到了高山大水之间，感觉得最切。所以要想欣赏自然的人，我想第一着还是先上山水优秀的地方去训练耳目，最为适当。

从前有一个赞美英国十九世纪的那位美术批评家拉斯肯的人说，他在没有读过拉斯肯以前，对于绘画，对于蒙勃兰高峰的积雪晴云，对于威尼斯、佛罗伦萨的壁画殿堂，犹如瞎子，读了之后，眼就开了。这话对于高深的艺术品的欣赏，或者是真的，但对于自然美，尤其是山水美的感受，我想也未必尽然。粗枝大略地想欣赏自然，欣赏山水，不必要有学识、有鉴赏力的人才办得到的；乡下愚夫愚妇的千里进香、都市里寄住的小市民的窗槛栽花，都是欣赏自然的心情的一丝表白。我们只教天良不泯、本性尚存，则但凭我们的直觉，也就尽够做一个自然景物与高山大水的初步欣赏者了。

（原载 1936 年 1 月 19 日《申报·每周增刊》第 1 卷
第 3 期）

略举关于文艺批评的中国书籍

　　中国的文艺批评，探水寻源，大约可以远溯至于孔子的删诗订礼，在西历纪元前的五六百年。孔子虽是一位述而不作，集大成的批评家，但关于文艺批评的话，如行有余力，则以学文之类，只散见于语录之中，没有成书。

　　到了战国，文学大兴，章实斋在《诗教》篇里说："周衰文弊，六艺道息，而诸子争鸣。盖至战国而文章之变尽，至战国而著述之事专，至战国而后世之文体备，故论文于战国，而升降盛衰之故可知也。"但战国时作者虽多，而文艺批评的专家之如孔子者，却也没有。

　　降而至汉，则承秦火之余，考订、训诂，变作了文艺批评家的专务，于是乎就有了刘向刘歆的《七略》。刘氏《七略》，经班固一删，成为《汉书·艺文志》而流传到了现在，为后世目录分类学的先驱，像清朝《四库全书总目提要》之类，就是这一派文艺批评的巨著。

　　自汉以后，而三国，而六朝，文艺批评始有专著。陆机有

《文赋》在先，梁刘舍人彦和广其意而作《文心雕龙》，这是中国文艺批评中之最初的专著，直到现在，一提起文评，我们还不得不首举此作。但在他的《序志》篇里，所举的前人评文之失，他自己也仍旧不能够免掉。《序志》篇中说：

> 详观近代之论文者多矣：至于魏文述典，陈思序书，应玚《文论》，陆机《文赋》，仲治《流别》，宏范《翰林》，各照偶隙，鲜观衢路；或臧否当时之才，或铨品前修之文，或泛举雅俗之旨，或撮题篇章之意。魏典密而不周，陈书辩而无当，应论华而疏略，陆赋巧而碎乱，《流别》精而少功，《翰林》浅而寡要。又君山公干之徒，吉甫士龙之辈，泛议文意，往往间出，并未能振叶以寻根，观澜而索源，不述先哲之诰，无益后生之虑。

他所说的，是魏文帝的《典论》，曹子建的《与吴质书》、挚虞的《文章流别》、李宏度的《翰林论》、应玚的《文质论》等。他所见到的诸家缺点，原很中肯。但失之于华，失之于不周，失之碎乱，就是《文心雕龙》自己也在所不免。总之此书虽是非科学的文艺批评论，但总也可算得是中国诗文评论中的一部大著。所以《四库全书总目》里把它列在诗文评类之首，以示推崇。

《四库全书总目》集部四十八，诗文评类一里的按语说：

> 文章莫盛于两汉，浑浑灏灏，文成法立，无格律之可拘。建安黄初，体裁渐备，故论文之说出焉，《典论》其首也。其勒成一书，传于今者，则断自刘勰钟嵘。勰究文体之源流而评其工拙，嵘第作者之甲乙而溯厥师承，为例各殊，至皎然《诗式》，备陈法律，孟棨《本事诗》，旁采故实，刘攽《中山诗话》，欧阳修《六一诗话》，体兼说部，后所论著，不出此五例中矣。宋明两代，均好为议论，所撰尤繁。

这一段话，觉得也很有见地，故特引用在此。

同时梁钟嵘的《诗品》，是评诗的专著，其源仿自颜之推的《家训》。《颜氏家训》卷四的"文章第九"篇中，自"屈原露才扬己，显暴君过"以下，直至"王元长凶贼自贻，谢元晖侮慢见及"为止，都是一人加以一个评语的体裁，和钟嵘的第作者之甲乙的辩论方法，差仿不多，不过钟仲伟的评论发挥，稍加详耳。任昉的《文章缘起》，书如其名，只溯源流，无关宏旨，所以不好视作评文之著。

唐以诗取士，唐诗在中国文学史上的地位，大家是晓得的，但对于文艺批评的伟论专著，却不见得多。可是同时代人

214

对同时代人的诗文的评话，则在各家的专集里，多有流露，如老杜的"白也诗无敌，飘然思不群"，小杜的"杜诗韩笔愁来读，似遣麻姑痒处搔"之类，但自成一家之著，如《文心雕龙》者，则寥寥没有几种。至如李德裕的《文章论》和韩退之的论文大旨，异途同归，要亦戋戋小著，不足道也。唐代的文艺批评，反而在颜师古的训诂考订及刘知几的评史稽古上，别开了生面。所以《汉书注》《史通》等，倒是唐代的评注文中的菁华。评诗之书，则司空图的《诗品》、释皎然的《诗式》，较为华丽专精。若孟棨的《本事诗》，则如《四库总目提要》中的所说，旁采故实，有点像后世的一般诗话了。

宋代承平日久，作者多于牛毛，诗话诗评，尤浩如烟海，举不胜举，先以评文的专著来说，则王铚的《四六话》、谢伋的《四六谈尘》、洪容斋的《四六丛谈》、陈骙的《文则》、王正德的《余师录》、李耆卿的《章文精义》等，稍有系统。至于诗话，则各家多有见地，多有好处，不能一一标名，我只想举出计有功的《唐诗纪事》和严羽的《沧浪诗话》两部来，劝初学的人去看看，必有所得。

元代的评文之书，当首推陈绎曾的《文说》一卷，其《文筌》八卷，并不见佳。其次则王构的《修辞鉴衡》，虽则多系采录他人的意见，然去取颇为精核。又刘埙的《隐居通义》

215

三十一卷中，其评诗论文的二十卷，征引赅博，对于文艺批评，多所贡献，亦犹宋王应麟的《困学记闻》、清顾炎武的《日知录》等，虽不是评文的专书，却很可以用作参考也。

明人的评文专著，有王文禄的《文脉》三卷，略抒己见。其次若黄洪宪的《玉堂日钞》，则系抄摘四五家的论文要旨，缀拾成书者，不能目为批评文艺的专集。至如朱荃宰的《文通》，虽勉仿《雕龙》，然其实亦只撷拾百家，借示奥博而已。明人的诗话，却也不少，其中当以王世贞的《艺苑卮言》、杨慎的《杂著》，与胡应麟的《诗薮》及《笔丛》等为较博一点。

清朝一代，盛世之文学，各类俱臻极顶，足比前代，但文艺批评的巨著，却也没有。评文者除桐城阳湖两派的选文标准外，我只晓得乌程孙松友的《四六丛话》、泾县包慎伯的《文谱》、兴化刘熙载的《文概》，以及许多散见于诸专集中的论文短篇而已。独于评诗的一门，却是著作很多，如王渔洋述的《燃灯记闻》《师友诗传录》、沈德潜的《说诗晬语》、赵秋谷的《谈龙录》、宋牧仲的《漫堂说诗》等，都是可作参考的精密著述，虽不是文艺批评的总说，但也不失为一门一类的名著。至于诗话，则自吴景旭的《历代诗话》以下，乾嘉上下，代有名人，卷帙之繁，大约可以超轶明代而上之，这里略去不举。

现代新文学兴起之后，中国所出的关于文艺批评的著译很多，这些系属于世界文学的系统的，当另外再以一篇东西洋文艺批评参考书略目来介绍。

一九三三年三月廿七日讲稿

（原载 1933 年 5 月 5 日《青年界》第 3 卷第 3 号）

文艺赏鉴上之偏爱价值

有一种货物，对于一般人，并没有什么价值，而对于一定之个人，却有绝大的价值的。这一种价值，在经济学的价值论里，有一个专门名词，即所谓偏爱价值（Affektionswert）者是。例如祖先的图像，对于社会上之最大多数者，并没有什么价值之可言，但对其子孙则可成为无价之宝。这一种偏爱价值，在文艺赏鉴上也有的，不过我在此处所说的，是广义的偏爱价值，它的意义并不是同经济学上那么范围狭小。

我们没有讲到偏爱价值之先，要把各派对于文艺赏鉴的心理和标准的意见来介绍一下。

从来讲艺术赏鉴的心理者，可分两派。一派主张认识与自觉为美的赏鉴的不可分的要素，吾人之意志与意欲，当赏鉴艺术的时候，非绝对排除不可的。叔本华（Schopenhauer）的主张就是如此。他所说的认识，并非是个个物象之认识，乃是柏拉图（Platon）所说的概念（Idea）的纯粹认识，而自觉便是不把意志混入的纯粹认识的主体。这一派的主张，再简单一点译述出来，就是说吾人的意志意欲，是贪婪无厌、打算利害、俗不可耐的一种作用。吾人因外的原因或内的兴调（Stimmung）的影响，完全脱离了这一种意志意欲的作用，纯粹没入于一种美的对象之内，现出一种平静、安快、无苦的状态时，才是美的赏鉴的真境地。换一句话说，这就是"忘我"的主张，要把"我"忘了，使他完全浸溶于纯粹客观的对象之中，才可说到艺术的赏鉴。譬如我们看《桃花扇》的时候，要完全把我们自家忘了，使我们自家先变成了多情多感的侯公子，返到明末的时候，往来于秦淮水榭，与侯生丝毫不变地感到那些悲欢离合的情景，方可说是赏鉴了《桃花扇》。这种主张也可以说是以对象为标准的客观的艺术赏鉴说，确有一面的真理包含在里头。但是我们平时赏鉴艺术，总不能完全把自我忘了，总不能达到这个恍惚之境。并且同是一本《桃花扇》，有人看之能同李香君、侯朝宗一样地哭一样地笑，但另一个人看之觉得远不如《琵琶记》的可歌可泣。所以近代的美学家李普斯（Lipps）又唱了一种主观的感情移入（Einfuehrung）说，来代替这种纯客观的主张。这一派的主张可说是以自我为中心的主观的艺术赏鉴论。它的大意是说，一切的对象，都须经自我的陶冶才有生命，我们之所以能够感得对象的生命和活动者，是因为我们有生命的活动。譬如我们在快乐的时候，看一切事物都觉得快乐，反之我们觉得忧郁的时候，看一切快乐都也忧郁。所以非薄命的女子，不能为冯小青陨伤心之泪；非落拓的文人，不能为韦痴珠兴末路之悲。一种风雅的古董，贩卖古董的商人见之，并不能起美感，而专嗜古玩者见之觉得要距跃三百。总之依这一派说来，艺术品的赏鉴，要把我们的主观，参入于对象之中，不使我们的主观消灭，而使我们的主观在对象内生活着，活动着，方能完成赏鉴的本职。至于利害关系、现实观念，在艺术赏鉴上，当然是大有害的，断不能在纯粹的艺术赏鉴的心里，留剩些儿影子。若叔本华所说的意志意欲的排除，也意尽于此，那这一点的主张，却是两派所共通的。

这二派的主张，依我看来，都是真理，我不能说谁是谁非。因为叔本华所说的境地，却是吾人时时感到的境地，而李普斯的主张，也是吾人日常所经验着的。我这一篇文字并不想来讨论艺术赏鉴的心理和标准，所以我在此处，不下断语了，马上就讲到本题上去。

文艺赏鉴上的偏爱价值，完全是一种文艺赏鉴者的主观的价值。这种价值并不能作文艺批评的标准的，但在爱好文艺的赏鉴者中，却是很普通的一种心理。我在此处所要说的，不是对于这种价值的批判，却是这种价值的心理的研究。

文艺赏鉴上的偏爱价值可分三种：一是病的心理的偏爱，二是趣味性格上的偏爱，三是一般的偏爱。第一种偏爱的发生，与神经衰弱症、世纪病，有同一的原因，大凡现代的青年总有些好异、反抗、易厌、情热、疯狂，以及其他的种种特征。因这几种特征的结果，一般文艺爱好者，遂有一种反对一般趣味，走入偏僻无人的路里去的倾向，偏爱价值就于是乎出生了。

好异和反抗的心思是人人都有的，伊甸园里的亚当，偷吃智慧树的果子，就是这种心思的流露。不过现代的人，藏有这种心思，更加热烈，所以我们老有与一般大势逆行的举动。譬如大家都在读《红楼梦》、说《儒林外史》的时候，我们就不愿意去接近这两部书，想另外去找一部新异的书来，代替它们。万一另外寻着了一本倾向完全都与那两部书相反，而能满足我们的欲望于十分之一者，我们就马上把这一部书的价值看得很高。当清朝亡国的时候，北京六部的员司，在朝房里所讲的只是黛玉怎么怎么，宝钗怎么怎么，而西洋小说的译本，却盛行于此时，就是这种现象。

喜新厌旧，也是一般的心理，不过现代人的易厌、喜变换，却是一种世纪末特有的现象。所以平时我们所习见，而一般人在那里诵读的文艺，我们因为听得不耐烦了，每不喜欢去看，要另外去求新奇的作品。这一种心理，非但于偏爱价值之发生，有绝大的关系，就是于促进新文学运动的方面，也有绝大的贡献。譬如自然主义极盛的时候，大家觉得平铺直叙的作品太多了，就生了厌烦的心思，想去另辟一个途径，于是乎新浪漫派、颓废派、象征派的艺术，就生出来了。

热情的亢进和疯狂的症候，是现代人谁也免不了的，一边我们虽有同木偶那般无感觉的时候，但一边我们的热情若得了对象，就热狂起来，有移山倒海之势。所以我们看到了一种文艺作品，觉得这作品的气脉，有与我们的心灵吻合的时候，就一往情深地称赞个不了，实际上这一部书的价值也许不十分大的，而我们非要置之荷马、莎士比亚、莫里哀等的著作之上不可。

第二种的偏爱价值，是由于吾人的趣味性格而发生的。譬如放浪于形骸之外、视世界如浮云的人，他视法国高蹈派诗人和我国的竹林七贤，必远出于《神曲》的作者及屈原之上。性喜自然的人，他见了自然描写的作品，就不忍释手。喜欢旅行的人，他的书库里，必多游记地志。贫苦的人当然爱读描写贫苦的作品，贵族当然爱读幽雅的创作，这一种偏爱价值，是显而易见，且是吾人日常所经验的一定的倾向，我在此处不多说了。

第三种的偏爱价值是一般的偏爱现象，严格地看起来，本不能称为偏爱的，譬如我们因为年龄和周围的关系，有时喜欢这一流，有时喜欢那一流的作品。这一种倾向当一定的年纪，在一定的范围内，谁也是一样的，所以与其说是偏爱，还不如说普通的好。现在我把几个重要的现象举在下面：

栖息于二十世纪的地球上的人类，大抵以对现状抱着不满者居多。而此不满之发生，又是因于现在经济社会组织之不良。所以对现实社会反抗的文艺作品，描写被压迫者及贫人的生活的作品，偏爱价值比绝对价值大。

我们的习性，大抵昵近而疏远，凡与我们有时间与空间的隔阂的作品，其偏爱价值比绝对价值小。

悲剧比喜剧偏爱价值大。因为这世上快乐者少，而受苦者多。且现代人都带有厌世的色彩，而以血气方刚的青年为尤甚。

性欲和死，是人生的两大根本问题，所以以这两者为材料的作品，其偏爱价值比一般其他的作品更大。俄国的小说，差不多没有一篇不讲恋爱和死，所以我们见到俄国的小说，就想翻开来读。

以年龄为标准，吾人一般的倾向，偏爱对象一生中有三四次移易。第一，少年时代爱侦探冒险的作品；第二，青年时代爱恋爱的作品；第三，中年时代爱描写人生疾苦的作品；最后，老年时代爱回忆的哲学的神秘的作品。

以人性为标准，女性所爱的是和平优美的作品，男性所爱的是深刻彻底的艺术，这并不是由于教育的区别而生的偏爱，却是性格不同的缘故。

文艺赏鉴上的偏爱价值，在正则的文艺批评上，本来是有害而无益的，不过我们当读坎坷不遇的批评家所作的坎坷不遇的文人的批评时，每有不得不为感动，甚至有为流涕太息的地方，因此我们可以知道偏爱价值是情意的产物，不是理智的评定。例如贾生的评屈原，卡莱尔的评彭斯（Carlyle：*Essay on Burns* [①]）都是如此。所以我敢说对于文艺作品，不能感得偏爱者，就是没有根器的人，像这一种人是没有赏鉴文艺的资格的。

（原载 1923 年 8 月《创造周刊》第 14 号）

　　[①]　卡莱尔的《论彭斯》。